超乎左右之上的鲁迅

李春阳 著

生活·讀書·新知 三联书店

曾驚秋肅臨天下　敢遣春溫上
筆端　塵海蒼茫沈百感　金風
蕭瑟走千官　老歸大澤菰蒲
盡　夢墜空雲齒髮寒　竦
聽荒雞偏闃寂　起看星斗
正闌干

魯迅

大道氾兮，其可左右。万物恃之以生而不辞，成功遂事而不名有。

——《老子》第三十四章

外之既不后于世界之思潮，内之仍弗失固有之血脉，取今复古，别立新宗，人生意义，致之深邃，则国人之自觉至，个性张，沙聚之邦，由是转为人国。

——鲁迅（一九〇七年）

鲁迅的方向，就是中华民族新文化的方向。

——毛泽东（一九四五年）

目 录

写在前面

一

在二十世纪的百年中，中国社会似乎一直在改良与革命、保守与激进之间震荡。政治上的分化，逐渐形成了左右两翼的格局，第三种势力向来不具有弥合两极的能力，这样的结果是，实际上不存在第三条道路。左右两种势力对立激烈，常常使两派及外围的人，忘记了真正的目标应该是什么。中国的理想主义和现实主义的分野，在于是否承认有一个超乎左右之上的目标，那就是共和理想：在这片古老的土地上，建立一个真正自由、民主、繁荣、富强、文明的国家。这是当初推翻满清皇帝、建立民国的初衷，也是三千年帝制终结后中国政治的新生。这一目标，无论改良还是革命，无论保守抑或激进，皆达成共识，它是全体国人的共同目标。那么，实现此一目标，就是中国最大的政治，超乎左右之上的政治。

章太炎是民国的创立者之一，一生忠于建立民国的初衷，鲁迅晚年重提章太炎一九〇七年发表在《民报》上的《中华民国解》，重申它是中华民国的来源，这是鲁迅临终之前极其明确而至关重要的政治表态。鲁迅一生的奋斗和努力，文艺树人，改造国民性，皆可视作这一超乎左右之上的广义的政治运动。

新文化运动实际上是中国民众的政治觉醒，这一政治，是共和理想下的大政治，超乎党派之上的全民政治。鲁迅虽未作过新文化运动的主将，但在表达这一政治理想愿景上，他是最坚定的一位。昔日的战友分化了，陈独秀、李大钊等向左，胡适、傅斯年等向右，鲁迅直至上世纪二十年代末仍难辨其左右。一九二八年他受到创造社冯乃超、成仿吾、钱杏邨（阿英）、李初梨、郭沫若等左倾文人的猛烈攻击，这些攻击者将鲁迅和周作人、陈源、徐志摩、刘半农、叶圣陶、郁达夫、张资平等放在一起，视作一类——反动的老作家。这些老作家除了鲁迅之外，大多没有出来应战。

一个右倾的"封建馀孽"的鲁迅易于了解，一个加入"左联"反抗现政权的鲁迅易于了解，一个主张民族主义和爱国主义的鲁迅易于了解。真正立异的鲁迅，不易了解。

立异的鲁迅，是新价值的创立者。他的生命本位主义、儿童本位主义和个人本位主义，对于言论自由的不懈追求，在中国文化中均是崭新的理念。鲁迅在当代社会的位重名高与他所创立的新价值之被遮蔽与排斥，事实上已然说明鲁迅遭受的误解和被权势利用的尴尬处境。一种新价值在本土文化中落地生根获得普遍认同，是困难的事。

二

一九二六年的国民革命军北伐，社会各界曾经寄予厚望，但主其事者却没有忠于民国的政治理想。北伐过后的国民党，接下来的"清党"，逼出一个把自己武装起来的反对派。鲁迅对国民党的厌恶，即由于清党，他说："我一生中从未见过有这么杀人的。"从一九二七年起，党国建立，民国即亡。这是章太炎的看法，他遂以中华民国遗民自居。到了一九三六年，日寇的全面入侵已箭在弦上，连党国恐也难以保全了。八年抗战，带来历史的转机，左右两翼由实力悬殊而发展为实力相当，决战不可避免。

鲁迅晚年的左倾，过去的研究者多以为其世界观上的转变是内因，从思想上接受了马克思主义的阶级斗争理论，固然有迹可循，但国民党政权压制言论自由、禁锢思想的做法，事实上对鲁迅起到了逼上梁山的作用。鲁迅确是反对派的同路人，虽然两者目标却未必一致。鲁迅渴望的是党国之前的民国理念。

鲁迅与"左联"的关系，是被讨论得很多的话题，也许人们忽略了在"左联"之前，"中国自由运动大同盟"的成立，鲁迅同样是发起人之一。为此，国民党浙江省党部还"呈请通缉堕落文人鲁迅等五十一人"。这个组织发表了一个简短的《中国自由运动大同盟宣言》（以下简称《宣言》）："自由是人类的第二生命，不自由，毋宁死。我们处在现在统治之下，竟无丝毫自由之可言！查禁书报，思想不能自由。检查新闻，言论不能自由。封闭学校，教育读书不能自由……"《宣言》号召："感受不自由痛苦的人们团结起来，团结到自由运动大同盟组织之下来，共同奋斗。"[1]鲁迅当然知道争取自由的斗争在当权者的压制下是极端困难的，这样的组织，宣布成立之日，往往亦是被迫解散之时，但他仍不懈地努力着。

> 自由运动大同盟，确有这个东西，也列有我的名字，原是在下面的，不知怎地，印成传单时，却升为第二名了（第一是达夫）。近来且往学校的文艺团体言说几回，关于文学的。我本不知"运动"的人，所以凡所讲演，多与该同盟格格不入，然而有些人已以为大出风头，有些人则以为十分可恶，谣诼谤骂，又纷纭起来。半生以来，所负的全是挨骂的命运，一切听之而已，即使反将残剩的自由失去，也天下之常事也。[2]

"一个国家需要什么价值是可以通过理性的深思熟虑来自由选择的，价值不是命运或机遇的安排。价值对于一个国家的公民群体有着

---

[1]《鲁迅年谱》第3卷，人民文学出版社1984年版，第189页。
[2]《鲁迅全集》第12卷，人民文学出版社1981年版，第6页。

太重要的教育和生活指导意义，因此，不能把价值当成一件只能听由像国界或习惯这类自然或偶然因素来决定的事情。"[1]

新文化运动所推崇的德先生和赛先生，是两种崭新的价值，鲁迅终其一生所立之"异"，所树之"人"——一种成熟的个人观，也是一种崭新的价值。新价值能否在老社会中落地生根，是检验这个社会生机和活力的一种标准。

"五四"那代人的世界主义情怀非常可贵，那是一种世界范围内的见贤思齐。他们把自己在异国他乡见到的任何美好的价值，皆视为自己的珍爱之物，凡邻人所具，我无不具有，人同此心，心同此理，这里的人，不仅包括本国本民族的人，亦包括一切人。

相比之下，时下的许多人，公然退守民族主义立场，甚至退守正统儒家的立场，退步之剧令人难以置信。在批评所谓激进主义的同时，许多人不约而同以最激进的速度和最激烈的方式回归到最无生气的那部分传统当中。在理性层面无法解释这一行为，他们准备诉诸"因信称义"式的宗教信仰，甚至不惜回到"神道设教"的路上去，以这种方式显示自己的文化本位主义，成为一股引人注目的思潮。

"五四运动"后的半个多世纪，破旧立新、除旧布新、移风易俗成为时代潮流，和旧时代彻底决裂，曾是年轻一代最具代表性的立场。话虽然说过了头，但与社会的巨变是合拍的。应当质疑的不是这一革新的路线，而是它没有能名副其实地做到他们说过的话。破旧立新因此变成了一句空话。人们于崭新价值的接受是自觉自愿的，而不是在权势的压力之下往旧事物上面贴新标签。

今天的人们不经过重估一切价值这个理性审视的判断，匆忙地颠倒过去的是与非，须知整合传统需要很高的鉴别力。鲁迅在八十年前说过的话，可以眼前的现实去对照：

---

[1] 徐贲:《怀疑的时代需要怎样的信仰》，东方出版社2013年版，第163页。

我看中国有许多智识分子，嘴里用各种学说和道理，来粉饰自己的行为，其实却只顾自己一个的便利和舒服，凡有被他遇见的，都用作生活的材料，一路吃过去，像白蚁一样，而遗留下来的，却只是一条排泄的粪。社会上这样的东西一多，社会是要糟的。[1]

所谓自由主义传统中的知识分子，其中多少人在做粉饰自我的白蚁行为？所谓新左派的知识分子，其中又有谁流露出反抗的绝望和对自由的珍惜？大学如官府，公共言论空间变为名利场，古人曾有外儒内法、儒表法里的旧途径，到了今日，自由主义和犬儒主义相表里，新左派成了民族主义的同义语，这些称得上是中国传统的创造性转化了。

三

一九三〇年三月二日"左联"在上海成立，鲁迅作为十二位发起人之一出席了大会，发表了题为《对于左翼作家联盟的意见》的讲话（鲁迅在讲话开头便说，"我以为现在，'左翼'作家是很容易成为'右翼'作家的"），当选为"左联"的七名常委之一（当时他们推举鲁迅做委员长或者主席，被拒绝）。此后他多次捐款给"左联"，出钱又出力，在"左联五烈士"被害之后，撰写《中国无产阶级革命文学和前驱的血》《辱骂和恐吓决不是战斗》《答徐懋庸并关于抗日统一战线问题》等文。"左联"的六年，恰是鲁迅生命中的馀年，由于"左联"的存在，鲁迅结识了许多年少的作家和文艺活动家，冯雪峰、胡风、萧军、萧红、柔石、白莽、丁玲等，与这些人关系比较好；周扬、夏衍、田汉、阳翰笙（"四条汉子"）、徐懋庸等，与这些人关系相当糟糕。瞿秋白不在此列，因为他身份特殊，是国民党政府悬赏

---

[1]《鲁迅全集》第13卷，人民文学出版社1981年版，第116页。

捉拿的要犯，曾以化名隐蔽于上海（一九三一年初至一九三四年初），秘密参与"左联"的实际工作，当时知晓这实情的人不多。

关于加入"左联"的动机，鲁迅在给朋友的书信中说得明白：

> 梯子之论，是极确的，对于此一节，我也曾熟虑，加入后起诸公，真能由此爬得较高，则我之被踏，又何足惜。中国之可作梯子者，其实除我以外，已无几了。所以我十年以来，帮未名社，帮狂飙社，帮朝华社，而无不或失败，或受欺，但愿有英俊出于中国之心，终于未死，所以此次又应青年之请，除自由同盟外，又加入左翼作家联盟，于会场中，一览了荟萃于上海的革命作家，然而以我看来，皆茄花色，于是不佞势又不得不有作梯子之险，但还怕他们尚未必能爬梯子也。哀哉！[1]

既然是作家联盟，总是要拿出些作品来。有趣的是，"左联"中与鲁迅关系较近的人，创作较多，那些关系不好的人，大抵没有什么作品，是些"空头文学家"，但偏偏是这些人，占据"左联"的领导位置，制造了许多是非。面对胡风要入"左联"的请求，鲁迅劝他不加入："我觉得还是在外围的人们里，出几个新作家，有一些新鲜的成绩，一到里面去，即酱在无聊的纠纷中，无声无息。"在另外的信中鲁迅说得更不客气："一班乌烟瘴气之'文学家'，正在大作跳舞，此种情景，恐怕是古今他国所没有的。"[2]

鲁迅于左翼的理解，也与通常意义的党领导下的左翼运动有较大的差别。鲁迅在一九三六年与美国记者斯诺的谈话中曾说："就其本质而言，文艺复兴和提倡白话文的运动，从一开始就是具有左翼倾向的运动。资产阶级文学在中国从来就没有发展起来，在今日中国，也

---

[1]《鲁迅全集》第12卷，人民文学出版社1981年版，第8页。
[2] 同上，第40页。

没有资产阶级作家。"[1]

　　鲁迅曾说自己因为提倡白话文，所以后来不敢去见太炎先生，有意味的是，章太炎生前最后一次问起鲁迅，据载是一九三二年在北平为弟子讲学时一句："豫才现在如何？"大家回答："现在上海，颇被一般人疑为左倾分子。"太炎先生听后沉思了好一会儿才喃喃自语道："他一向研究俄国文学，这误会一定从俄国文学而起。"[2]章太炎这里用的"误会"二字，看起来他自己的心目中，鲁迅不是左派的了。鲁迅与高尔基之间，容易被人做文章，两人主要的相似，在于身后的地位，曾经有人在文章中开列出影响过鲁迅的俄国作家名单，是鲁迅亲自将高尔基的名字去掉。鲁迅从高尔基身上，似乎看到了一位出身底层的新兴的无产阶级作家的成长和成功，被世界文坛所接纳，但就文学本身而言，他的兴趣在果戈理而不是高尔基。

　　丸山升说："把问题聚焦于作者的主体进行思考的方法，恐怕是鲁迅留给今天的最大的财富之一。"[3]他认为"鲁迅所期待的不是掌握'领导权'，毋宁说是保卫最低限度的'主体性'"[4]。

　　在现实中围绕着观念而实行的运动是罕见的，即使有这样的表述，也未必是识者之言。所谓思想运动和政治运动，甚或一些风潮，往往不过是一场人事而已。章太炎和瞿秋白，这两位曾经与鲁迅关系密切之人，帮助我们绘制出了鲁迅向右和向左摆动的轨迹。于鲁迅而言，历史从来不是由现成之物构成，历史意味着一些正在逝去的杰出人物。于鲁迅而言，问题不在于到底是章太炎，还是瞿秋白。

　　　一切事物，在转变中，是总有多少中间物的。动植之间，无

---

[1]《鲁迅同斯诺谈话整理稿》，安危译，刊载于《新文学史料》1987年第3期。

[2] 林辰：《鲁迅事迹考》，转引自章念驰《我的祖父章太炎》，上海人民出版社2011年版，第181页。

[3] 丸山升：《鲁迅·革命·历史》，王俊文译，北京大学出版社2005年版，第43页。

[4] 同上，第275页。

脊椎和脊椎动物之间，都有中间物；或者简直可以说，在进化的
链子上，一切都是中间物。[1]

鲁迅是两代革命家的"中间物"。因为鲁迅的缘故，历史不得不
从章太炎时代，过渡到了瞿秋白时代。

四

假如鲁迅活到反右或者"文革"，会怎样呢？这个问题是中国现
代知识分子内心深处长期纠结未及言明的痛点。被教科书钦定为鲁迅
继承人的郭沫若和茅盾，活到了反右与"文革"以及"文革"结束。
他们的言论和行为、各阶段的表态、职务升迁等有据可查。郭沫若去
世前党中央召开农业学大寨会议，他的遗嘱是将自己的骨灰撒到大
寨，与时俱进如此，令人慨叹。鲁迅晚年最信任的弟子胡风也活到了
"文革"结束，他在共和国的监牢中被关押四分之一世纪。问题还可
以换成，假如孔子活到了明朝，面对方孝孺被戮，这位至圣文宣王会
怎样呢？朱棣会看他的面子而有所收敛吗？去想象这些，不过是帮助
认清环境以及自身。我们相信鲁迅是不会屈服的。鲁迅的骨头硬，狱
卒的铁拳更硬，这两种硬，自然完全不同。

假如借用鲁迅的目光打量他去世以来中国八十年的政治，我们会
看到什么。这大概是鲁迅说过的最重要的话吧：

> 我们目下的当务之急，是，一要生存，二要温饱，三要
> 发展。苟有阻碍这前途者，无论是古是今，是人是鬼，是"三
> 坟""五典"，百宋千元，天球河图，金人玉佛，祖传丸散，秘制

---

[1]《鲁迅全集》第1卷，人民文学出版社1956年版，第364页。

膏丹，全都踏倒它。[1]

鲁迅是生命本位主义者，同时亦是个体本位主义者。他这里所说的生存、温饱、发展，是每一个人的生存、温饱、发展，是每一个个体不可剥夺的基本人权。它需要宪法观念主张这些权利，需要成熟的法律体系保护这些权利，也需要自我以韧性的努力，捍卫一个个人基本的权利。

鲁迅的生命本位主义和个人本位主义，几乎必然导致他采取一种世界主义的立场，这三项人类的基本需求，不会因文化的差别而有异，这可以说是最低限度的人权。鲁迅没有论述为什么他认为这三项是"我们目下的当务之急"，他似乎认为这是理所当然的。自然人性论的主张，早已深入鲁迅的心，成为他的基本信念。遗憾的是它还没有成为我们这个时代的基本信念。

简单地说，对于鲁迅而言，思想并非终极目标，目标与现实之间的"中间项"才是问题所在。或者说他的终极目标就是尽管多次体验挫折、而且正是由于这些挫折而在他内心积蓄成的中国必须革命的信念。确实，青年时代的革命图景在辛亥革命的现实中崩坏之后，当时的鲁迅并没有新的革命的清晰图景。为了一心一意地追求这个新的图景，他太了解这个图景的脆弱和空虚了。对他来说，问题在于将这个目标置于心中，同时能实际推动眼前中国现实的具体的一步。而他的"转变"就是在这个"中间项"中展开的。

欠缺"中间项"的思想再怎么"高尚""明快"，不仅会毫无成果，而且在现实中有时会导致相反的效果。这正是鲁迅教予

---

[1]《鲁迅全集》第3卷，人民文学出版社1981年版，第47页。

我们的。[1]

日本研究者曾选取一九三四年鲁迅分别写给同代人（林语堂）、中间代（曹聚仁）、青年人（杨霁云）的三封信对比研究，得出的结论是："鲁迅没有被他们的任何一方同化。实际上正因为如此，才可能与他们的任何一方都有共通性。不站在任何一方，却与任何一方都有所相通。他只要存在，就成为各种势力的一个中间场。他游走于他们之间，寻求瓦解言论封锁体制的端绪，创建摆脱封锁实现突破的回路。"[2]

卡夫卡曾说："你必须用脑袋顶穿墙，顶穿它并不难，因为它是用一张薄薄的纸做的。困难的是，不要被已经画在墙上的告诉你应该怎么去顶的启示所迷惑。那会引诱你说出这样的话来：'我不是不停地在顶穿它吗？'"

本书想补充的是，顶穿纸墙靠的是活人的头，而不是这头脑说出的话，为了几句写在纸上聪明或者愚蠢的话而争论不休，或者被画在纸上的刀吓破了胆，是容易犯的两类错误。

五

一九九九年胡适思想国际研讨会，周策纵因病未赴，寄给会议两诗，其一曰："铮铮如铁自由身，鲁迅终为我辈人。四十三年前告我，一言万世定犹新。"自注其诗云："五十年代中期，胡先生曾告我，'鲁迅是个自由主义者，决不会为外力所屈服，鲁迅是我们的人'。今言犹在耳，恍如昨日也。"

活着的鲁迅，固然有三军难夺之志，对于自己的身后之名，铮

---

[1] 丸山升：《鲁迅·革命·历史》，王俊文译，北京大学出版社2005年版，第63页。
[2] 代田智明：《1934：作为媒介的鲁迅》，王风、白井重范编：《左翼文学的时代——日本"中国三十年代文学研究会"论文选》，北京大学出版社2011年版，第308页。

铮铁骨如鲁迅者亦无可奈何。后世于鲁迅的利用，是从他的葬礼开始的，如今快八十年了，鲁迅的名字早已成为箭垛，承受着来自各方的攻击，丛集着争议和分歧。焦点之一是，鲁迅的左和右。

钱基博一九三二年出版《现代中国文学史》论及鲁迅："而周树人、徐志摩，则以文艺之右倾，而失热血青年之望。"他眼里的左倾代表是郭沫若，而郭沫若等那时于鲁迅的持续攻击，则似是对于钱氏这一判断的证实。

瞿秋白一九三三年四月所写《鲁迅杂感选集序言》："鲁迅从进化论进到阶级论，从绅士阶级的逆子贰臣进到无产阶级和劳动群众的真正的友人，以至于战士，他是经历了辛亥革命以前直到现在的四分之一世纪的战斗，从痛苦的经验和深刻的观察之中，带着宝贵的革命传统到新的阵营里来的。"[1]

看来鲁迅活着的时候，他到底属于左派还是右派，已经有如此明显的分歧了。

我们今天阅读和研究鲁迅的思想主张和政治倾向，比其同代人具有优势。他一生走过的道路，思想的渊源，作品的次第，包括身后的评论争议，材料丰赡，脉络清晰。

鲁迅早年的"《河南》五论"，主旨是个人主义无疑；而晚年的"北平五讲"，阶级斗争的思想显而易见，但这并不等于说鲁迅后期的左，否定了他早年的右。相隔近三十年，时代环境变了，鲁迅的思想方法和应对之策亦不得不变。中国社会从上世纪三十年代始向左倾斜，在一个右倾政府的统治下，这几乎是一个颠覆性的信号。由于日本的全面入侵，相差悬殊的左右两种势力似乎得到了暂时的和解，八年抗战结束，此两种势力重新公开对立的时候，人们发觉已近乎势均力敌了。在接下来的三年的左右决战中，历史垂青左派。

这与新儒家的道德主义与孟子升格运动有关，本文把中国历史

---

[1]《瞿秋白文集》第2卷，人民文学出版社1953年版，第997页。

上的左倾的传统称为"孟左"。王阳明是"孟左"的重镇，但在王学当中，却可以发展出自然人性论，它有这样的空间，泰州学派被称作王学左派，是这样的代表。王艮、何心隐、李卓吾，被哲学史说成是启蒙思潮，汤显祖、冯梦龙等人的唯情主义，包括公安三袁和竟陵派的文章，属于广义的思想解放运动。清代戴震的义理之学，提供了中国本土的自然人性论极为珍贵的理论形态。章太炎是现代学术史上弘扬戴震思想的第一人，梁启超、胡适紧随其后，鲁迅虽然没有言及戴震，但他从章太炎那里继承的许多想法，确是源于戴震。鲁迅的左派形象大抵是被后世塑造出来的，"胡适，还是鲁迅？"这样的提法本身，就等于是说："右，还是左？"与"孟左"相比，鲁迅更容易成为靶子。胡适本人在上世纪五十年代将鲁迅视作"我们的人"，这是他的过人之处。

一个超乎左右之上的鲁迅，至今还难以为人所知。

中国历史似乎又一次来到了关键时刻，请鲁迅来帮助我们平衡左右，分辨方向。这是一项艰难的工作，让我们试图从帮助鲁迅澄清他自身的左右开始。认真阅读鲁迅之书的人，不会仅仅根据他被后人贴上的标签，而将他简单归类。

本人始终相信，鲁迅只活在他自己的文字中。

甲午春杪于北京

鲁迅的微言大义

　　鲁迅其人其文，公认不好懂。这不好懂，大约可以分为三个层次。其一在字的层面，本文所指不是那些生僻之字而是于文字的态度，写作时文字的使用方法。鲁迅深谙旧学，又从太炎先生学过小学，每个汉字是独特的形音义综合体，鲁迅如古人，是惜墨如金的。汉诗从四言至五言用了近千年，再到七言又用了五百年，鲁迅的一字不苟，与今日读者的阅读习惯相去甚远。其二是文本层面，不仅指《野草》的象征性、《故事新编》的寓言性，杂感的深文周纳曲折隐晦，实在有诸多不得已处。鲁迅一生身处当权者于言论的压制中，变幻笔名，使用文本手段，与书报检查制度周旋，非精通修辞中的隐微术者经过艰苦细致的搜求，恐难察其微言之中的大义。其三是形而上意义上的不好懂。鲁迅受庄、屈影响深，兼具尼采气质，惯于从日常的无事之中，看到人生的极端情境，醉心于终极价值，接近鲁迅其人，是这三重困难中的最后一层，它须以直面前两重困难为前提，先懂得鲁迅的用字和谋篇，才可以了解其为人，懂得鲁迅其人故明白其文。欲免受时代的压迫者，不得不求助于鲁迅，他是距离我们最近的伟大自由的灵魂。

　　如今像鲁迅那样思考的人没有，如今他那样的人使我怀想。其深沉伟岸的人格，慷慨温厚的热忱，纯良真挚的情感，特别是他丝毫不拜势、不伪饰的风骨，使其片言只语亦彪炳独树。一棵树懂得那促使它生长的阳光、空气和水，滋养与培植它的泥土；也懂得那摧折它的风暴。章太炎说，魏晋文章，如飘风涌泉，任意卷舒，不加雕饰，鲁迅深得魏晋神韵，他的文字是从他那灵府中流出来的。所选篇目是个人阅读鲁迅中有心得者，也是过去的文章较少议论涉及之处。

一、复仇的人

辛亥革命的那年，鲁迅三十岁。归国三年，共和取代专制，汉人驱逐满人，前者徒具虚名，后者货真价实。袁世凯死后，诸军阀皆汉人，满族的权贵真的是扫地出门了，但鲁迅似乎很不满足："最初的革命是排满，容易做到的，其次的改革是要国民改革自己的坏根性，于是就不肯了。所以此后最要紧的是改革国民性，否则，无论是专制，是共和，是什么什么，招牌虽换，货色照旧，全不行的。但说到这类的改革，便是真叫做'无从措手'。"[1]

鲁迅的祖父是前清翰林，在鲁迅十三岁那年因科场舞弊案入狱，家道衰落，父亲身殁。少年长子鲁迅，出入于当铺和药铺，势利的冷眼，如芒刺背，人心不古，自古已然，但领受这份世态炎凉的方式却大不相同。鲁迅阅世既深，每不为世故所昧，又不愿和光同尘，更不屑同流合污，便不得不与深于世故者为敌。

鲁迅的老师章太炎在《复仇是非论》中说："人苟纯以复仇为心，其洁白终远胜于谋利。"终其一生，鲁迅是位复仇者。向黑暗的旧道德，向虚伪的旧世界，抨击正人君子的伪饰和做戏，揭露高等文化被仁义掩盖着的吃人本质。文学是他唯一的复仇工具。

鲁迅复仇题材的作品，杂文而外，《野草》中有两篇，题为《复仇》和《复仇》（其二），《彷徨》之《孤独者》，《故事新编》之《铸剑》，此四文是《鲁迅全集》最精彩的文字之一部分，特别是当把它们合为一体阅读的时候。

---

[1]《鲁迅全集》第11卷，人民文学出版社1981年版，第31页。

广漠的旷野之上（使人想起庄子的无何有之乡），手执利刃全身赤裸相对而立的一对男女[1]，似乎要拥抱，似乎要杀戮，但终于既不拥抱亦不杀戮，那样对立着，他们彼此的复仇，似乎暂时消解了，转而一致回看那周围兴奋的看客，为了回复窥视者于他人流血的渴望，使其看的愿望落空，于是什么也没有发生。这是令人费解而奇特的一幕。

爱与恨，情与仇，这截然对立的情感，是可以——似乎即将——实现于拥抱与杀戮之中，在文章的开头，围观者的目光对作家内心的影响，忽然改变了这一切。

我们认为是事件的格局本身。本来男女主人公既已出场，封闭的舞台上演绎他们自己的故事，这已然设定，与观众并不相干。现在演员似乎造反，突然停下动作，四目灼灼地盯着看他们的观众，观众——变成了"看客"，且被置于演员和剧作家的仇恨、轻蔑之中，舞台延至观众席，事实上，它不再有任何界限。怎样定义这样的一出戏呢？它不是戏剧革命，而是剧场的解体。[2]幸好这只是一段文字——"大半是废弛的地狱边沿的惨白色小花"？

文字与读者之间的关系——阅读行为——看，这看的方式，并非只有一种，消遣解闷，搜奇猎艳（颜如玉）是看；按图索骥，亦步亦趋（黄金屋）是看；正襟危坐，三省吾身亦是看；洞幽烛微，辩难释疑还是看。这看的方式，归根结底由作品决定，即由作者创

---

[1] 在《复仇》的文本中，这对仇人性别不详，一九三四年五月十六日作者《致郑振铎》信中说："我在《野草》中，曾记一男一女，持刀对立旷野中，无聊人竞随而往，以为必有事件，慰其无聊，而二人从此毫无动作，以致无聊人仍然无聊，至于老死，题曰《复仇》，亦是此意。但此亦不过愤激之谈，该二人或相爱，或相杀，还是照所欲而行的为是。因为天下究竟非文氓的天下也。"见《鲁迅全集》第12卷，人民文学出版社1981年版，第415页。

[2] 安托南·阿尔托（一八九六至一九四七），那时正在法国推动超现实主义运动，他主张"放弃戏剧从前所具有的人性的、现实的、心理学的含义而恢复它的宗教性的、神秘的含义，这种含义正是我们的戏剧所完全丧失的"。参见氏著：《残酷戏剧——戏剧及其重影》，桂裕芳译，中国戏剧出版社1993年版。

造出来的。落笔为文之初，已然包含了于读者的选择，于不配阅者的拒绝。同时一个复杂的文本，也许会有不止一个层面，在容易了解和领会的表层下，往往深藏着一个不易探询的秘密文本，这是为少数挑选出来的读者而设定的。尼采和庄子是写作秘密文本的高手，深受尼采和庄子影响的鲁迅亦是如此。鲁迅的难懂或者难于索解，或许根源在这里。

但是，鲁迅又有他十分好懂的一面，那是于同类而言，同气相求，同声相应，相视而笑，莫逆于心，又何须多言？

"唉，朋友！你用了你的温热，将我惊醒了。"请跟我一起燃烧吧，"与其冻灭，不如烧完"。

这一句话，可以看作理解《野草》的指针，理解鲁迅所有文字的指针。

鲁迅于冷眼旁观的深恶痛绝，缘于他在自己的文字里的一腔热诚。后来《野草》英译本序中他说："因为憎恶社会上旁观者之多，作《复仇》第一篇。"[1]

鲁迅是一位内心冲突剧烈的人，他生命中不可调和的因素，身上的双重性，或曰其内在冲突，在他自己的文章中有种种揭示：庄周式的随便/韩非式的峻急，墨翟式兼爱/杨朱式为我，个人主义/人道主义，通脱/清峻，名士清谈的飘逸/老吏断狱的深刻，等等。这些成对出现的概念，不过是琢磨鲁迅的一些线索，不能脱离开具体的语境。于鲁迅本人而言，他的感受恐怕不仅仅是彼此的消长起伏。

以本人看来，鲁迅内在冲突的意象，在《野草·复仇》中得到了极佳的展示：

这样，所以，有他们俩裸着全身，捏着利刃，对立于广漠的旷野之上。

---

[1]《鲁迅全集》第4卷，人民文学出版社1956年版，第281页。

他们俩将要拥抱，将要杀戮……

然而他们俩对立着，在广漠的旷野之上，裸着全身，捏着利刃，然而也不拥抱，也不杀戮，而且也不见有拥抱或杀戮之意。

于是只剩下广漠的旷野，而他们俩在其间裸着全身，捏着利刃，干枯地立着；以死人似的眼光，赏鉴这路人们的干枯，无血的大戮，而永远沉浸于生命的飞扬的极致的大欢喜中。[1]

对偶式的思维，是汉字五千年造就的修辞习惯，鲁迅颇为自觉，"横眉冷对千夫指，俯首甘为孺子牛"，以阶级论释之，当然说得严重了，此联更类似阮籍的青白二眼。鲁迅在演讲中曾说："青眼我会装，白眼我却装不好。"

他自编文集的名称，大多两两相对：呐喊/彷徨，热风/野草，二心集/三闲集，而已集/华盖集，伪自由书/准风月谈，朝花夕拾/故事新编，晚年在编订《鲁迅三十年集》的时候，以"人海杂言""荆天丛草""说林偶得"三语概括其全部著作，也取其对偶，既严峻又适意，不可模仿，模仿的人也做不像的。

《复仇》以超出字句之上的篇幅，展示出精神上的对立意象，乃是古老对偶修辞的现代扩张。与荣格理论中男女同体双重人格的主张暗合，甚至可以联系到《周易》，八卦演变成六十四卦后包罗万象，回到它的原发点，一个阴爻一个阳爻"对立"而已。

同一天所写《复仇》（其二），是对《圣经·新约》中耶稣受难故事的重述，重点却转移在基督上十字架事件的围观上："路人都辱骂他，祭司长和文士也戏弄他，和他同钉的两个强盗也讥诮他。""四面都是敌意，可悲悯的，可咒诅的"，鲁迅笔下耶稣的仇敌，似乎既不是判刑者，也不是施刑者，倒是旁观者，或说是他们全体。在一和多，寡与众，先觉者与群氓之间，没有和解的余地。这一看法也许

---

[1]《鲁迅全集》第2卷，人民文学出版社1956年版，第167页。

有尼采的影响，在尼采眼中，保罗及后来的基督徒，皆是对耶稣的背叛。[1]今天阅读鲁迅，在其揭发民族根性的地方，我们往往看到人类之根性，称其为什么或许并不重要，鲁迅的观察显然是准确的。对于改进这根性，他的确抱有希望，这令我们这些因认识到他所严厉批判的许多民族根性其实是人类根性而感到释怀的人非常惭愧。

"他在手足的痛楚中，玩味着可悯的人们的钉杀神之子的悲哀和可咒诅的人们要钉杀神之子，而神之子就要被钉杀了的欢喜。突然间，碎骨的大痛楚透到心髓了，他即沉酣于大欢喜和大悲悯中。"[2]由玩味而沉酣，复仇者被身体的感受或说肉体的遭遇引导着，走向遍地的黑暗。"他腹部波动了，悲悯和咒诅的痛楚的波"，在发出"我的上帝，你为甚么离弃我？"这最后的遗言之前，"神之子"（即"人之子"）悲悯着，咒诅着，仿佛默诵"我也一个不宽恕"。

为什么是"腹部波动"？中国人认为丹田乃肉身结穴之处，基督教世界喜欢讲"道成肉身"，其实重点仍在"道"上，于肉身始终是忽视的。十字架上的耶稣基督，不过是担当苦难和拯救的人格——象征而已。中国的先秦道家思想，在两汉演变为道教，从魏晋六朝的"外丹"，到唐宋之后的"内丹"，皆从肉身出发寻求"道"的踪迹，连最后的得道飞升，也指向肉身的感受体验与完成。

鲁迅是主张拿来主义的，怎么拿呢？连基督带十字架甚至围观群众一起拿来，还是"道成肉身"那四字？看来重点移在了"肉身"之上了。鲁迅笔下，耶稣死难之前已然得道——"沉酣于大欢喜和大悲悯中"，但这是狄俄尼索斯的道，不是基督的道。本文简直要称他是一位不喝酒的酒神了。尼采倾尽一生之力著述，只为以狄俄尼索斯取代耶稣，为基督文明寻觅千年迷宫的出口，鲁迅到底身在迷宫之外，

---

[1] 尼采说："这是事情的幽默所在，一种悲剧性的幽默：保罗恰好把基督用自己生命来否定的东西大张旗鼓地重新树立起来。"见维茨巴赫编：《重估一切价值》上卷，林笳译，华东师范大学出版社2013年版，第261页。

[2] 《鲁迅全集》第2卷，人民文学出版社1956年版，第169页。

轻轻一笔，便将十字架上的"道成肉身"改写了，不知尼采读到这里会想些什么呢？人子不醉，如何能摆脱那四面的敌意而沉酣？醉而死——醉于生而梦于死，真的是人类的得救之正途吗？看来中国这百年以来，至今唯有鲁迅与尼采神交吧。

中国人又拿那传承数千年的"单要由我喝尽了一切空间时间的酒的思想"[1]怎么办呢？

二、黑色的人

鲁迅是喜欢黑色的，其作品中的正面人物多具黑色的特质。过客、魏连殳、黑色人宴之敖者，还有大禹和墨子。中国戏曲的脸谱中，"黑表威猛，更是极平常的事，整年在战场上驱驰，脸孔怎会不黑，擦着雪花膏的公子，是一定不肯自己出面去战斗的"[2]。

短篇小说《孤独者》的主人公魏连殳，《铸剑》的主人公宴之敖者，具有精神气质上的一致性。魏连殳的相貌，有人说与鲁迅本人酷肖，连他的主张"孩子总是好的"亦与鲁迅相同。

小说四次提及魏连殳黑的外貌。第一次，是他在给死去的祖母穿衣服，"原来他是一个短小瘦削的人，长方脸，蓬松的头发和浓黑的须眉占了一脸的小半，只见两眼在黑气里发光"[3]。

第二次是邻家孩子生病，"听说有一回，三良发了红斑痧，竟急得他脸上的黑气愈见其黑了"；第三次是叙述拜访魏连殳，"也许是傍晚之故罢，看去仿佛比先前黑，神情却还是那样"。第四次也是末一次，他人已然躺进了棺材，"骨瘦如柴的灰黑的脸旁，是一顶金边的军帽"。

［1］《鲁迅全集》第1卷，人民文学出版社1956年版，第425页。
［2］《鲁迅全集》第6卷，人民文学出版社1956年版，第105页。
［3］《鲁迅全集》第2卷，人民文学出版社1956年版，第86页。

宴之敖者在小说里一直被称作"黑色人",他的名字由自己向国王介绍出来,且只出现过这一次。其他场合凡提及他,叙述者一概称"黑色人",难怪要被不够仔细的读者误认为他没有名字了。他的出场是这样:"前面的人圈子动摇了,挤进一个黑色的人来,黑须黑眼睛,瘦得如铁。"第二次却只写他的眼,"后面远处有银白的条纹,是月亮已从那边出现;前面却仅有两点磷火一般的那黑色人的眼光"。第三次是带着眉间尺的头去见王的时候,于他的外貌写得略详细一些:"待到近来时,那人的衣服却是青的,鬃、须、头发都黑;瘦得颧骨、眼圈骨、眉棱骨都高高第突出来。"第四次在表演中,"炭火也正旺,映着那黑色人变成红黑,如铁的烧到微红"。他自我介绍是"生长汶汶乡,少无职业,晚遇名师,教臣把戏,是一个孩子的头"。

他的出现我们即刻可以认出,魏连殳、宴之敖者与鲁迅,他们属于精神上的同族。宴之敖者的自白也仿佛来自鲁迅的杂文:"你还不知道么,我怎么地善于报仇。你的就是我的;他也就是我。我的魂灵上是有那么多的,人我所加是伤,我已经憎恶了我自己!"[1]鲁迅一生用过百馀笔名,但以自己的笔名命名小说主人公,宴之敖者是唯一的一次。此四字的意思乃是"被日本女人从家中放逐之人",《铸剑》写于一九二七年三月,那时鲁迅不仅离开了八道湾,亦且离开了北京。

魏连殳是"一个异类",与他自己身边的任何人都不同,与处身的那个社会亦格格不入,被目为"吃洋教"的"新党",他一出场就被宿命般的败亡笼罩着。在安葬祖母一事上他的妥协,恰写出了他的为人与周围那些人之间的迥异:"我虽然没有分得她的血液,却也许会继承他的运命。然而这也没什么要紧,我早已豫先一起哭过了。"哭祖母的时候,把自己也哭过了,这非同小可。

"你实在亲手造了独头茧,将自己裹在里面了。"他丝毫没有与

---

[1]《鲁迅全集》第2卷,人民文学出版社1956年版,第376页。

他人沟通的愿望，仿佛真的是"一个异类"。表达感情连语言都不用，"像一匹受伤的狼，当深夜在旷野中嗥叫，惨伤里夹杂着愤怒和悲哀"[1]。

魏连殳在生计日窘下的投靠军阀，并不意味着走出了"独头茧"，"这里有新的宾客，新的馈赠，新的颂扬，新的钻营，新的磕头和打拱，新的打牌和猜拳，新的冷眼和恶心，新的失眠和吐血"，新的生计，并不能成为新的生机。异类之异于常人者，正在于此。

接下来似乎只剩下离奇的速死了，是他的仿佛受到诅咒的结局："我已经躬行我先前所憎恶，所反对的一切，拒斥我先前所崇仰，所主张的一切了。"这不就是自蹈死地吗？他是在自己的身上复仇，死亡是他召来的，这是他的第二次妥协，上次为安葬祖母，这一次却是为了达到自己的殁没。

一九二五年穷途上的文人们，有各种大小和派系的军阀可供依附，军阀们亦每每招募文人入幕。吴稚晖的投靠蒋介石是其显著者，连鲁迅本人也曾有过去做个"营混子"的考虑，那原因在鲁迅个人倒并非没有别的出路，而是想远离大学和文坛上的"绅士们"罢了。

对于这样一个酷似自己的人物，鲁迅下笔毫不留情，不仅让他在棺材里穿了件"土黄色军裤"，配以"金闪闪的肩章"，而且"腰边放一柄纸糊的指挥刀，骨瘦如柴的灰黑的脸旁，是一顶金边的军帽"。读至此一节，我们不禁想到鲁迅先生自己十年之后的死。

虽然他在遗嘱中明确说了"赶快收敛，埋掉，拉倒""不要做任何纪念的事情"的话，但鲁迅的丧事却由不得自己做主了。停灵四天，瞻仰遗容者络绎不绝，仅留下签名者就有九千四百七十人，一百五十六个团体，多数是工人组织、学生组织，出殡时执绋者六千馀人，送葬者数万人。显然是有人在经营这样的事。由于警察的干预，未能照预定路线行进，沿途散发传单，高呼口号，高唱《义勇军

---

[1]《鲁迅全集》第2卷，人民文学出版社1956年版，第87页。

进行曲》，与其说演变成了一场游行示威，不如说组织者的本意就在游行和示威。公开发表的十三人治丧委员会里，据说还应加上毛泽东的名字，但当时的报纸在发表讣告时均不敢登载。具体的组织工作是一个包括张春桥在内的三十一人组成的"治丧办事处"。[1]

鲁迅一向是主张和赞成新陈代谢的："老的让开道，催促着，奖励着，让他们走去。路上有深渊，便用那个死填平了，让他们走去。"[2]这是鲁迅对自己的态度，这是什么样的精神？鲁迅不好名，这也是他的名真正留存后人心底的原因。

鲁迅为毁灭旧时代而搏斗了一生，他生前没有远离政治，死后被政治所摆布也在意料之中。群众的政治，也许从来不等于政党的政治，在鲁迅的死亡事件中被动员起来的群众，真的能让坟场开满蔷薇吗？鲁迅死后近八十年了，后来发生的历史悲喜剧和荒诞剧以及那些小剧场小文章上演的模仿者的剧情，让我们在回望时觉得对不住鲁迅所憧憬的那个新中国，旧中国的至今不旧，越发显出鲁迅的空死一场。

"粗人扛起棺盖来，我走近去最后看一看永别的连殳。他在不妥帖的衣冠中，安静地躺着，合了眼，闭着嘴，口角间仿佛含着冰冷的微笑，冷笑着这可笑的死尸。"[3]这些话无论从生者还是死者的角度看，都不能得到圆满的解释。那仿佛之间的"冷笑"，分明是死者散布的，却能够返回死者自身，莫非人死后还可以自嘲，若是以全知全能角度这样叙述，或者还说得过去，偏偏是一个具体受限制的观者，他的这一看，竟然看出了他人无论如何也看不出来的东西。

一九二三年鲁迅翻译的《现代日本小说集》收录六位作家十一篇

---

[1] 参见鲁迅先生纪念委员会编：《鲁迅先生纪念集》，上海书店根据1937年初版复印；《鲁迅年谱》下册，安徽人民出版社1979年版，第742页。
[2] 《鲁迅全集》第1卷，人民文学出版社1956年版，第412页。
[3] 《鲁迅全集》第2卷，人民文学出版社1956年版，第107页。

作品，其中菊迟宽《复仇的话》一篇与《铸剑》有些关系，复仇者与仇人事实上在故事的结局中和解了，《铸剑》却是合一了。这是中国历史的神秘复杂纠结之处。

《铸剑》的故事情节奇特，在滚沸的金鼎中三只头颅的撕咬，以及最后彼此莫辨的结局，读罢惊悚而长叹，寝食俱废。更为奇特的是，它并非出自鲁迅的想象和虚构，而是出于相传为曹丕所著《列异传》的记载，已有一千五百年以上的历史了。

司马迁对于"趋人之急，甚己之私"的侠客，赞美有加。《史记·游侠列传》云："今游侠，其行虽不轨于正义，然其言必信，其行必果，已诺必诚，不爱其躯，赴士之阸困，既已存亡死生矣，而不矜其能，羞伐其德，盖亦有足多者焉。"[1]

《史记》《汉书》之后，游侠列传在正史中断绝。其事迹身影多潜入野史或笔记小说中，经过鲁迅的搜求辑佚，先以资料现身于《古小说钩沉》，不足以畅其意，又在《铸剑》中给以弘扬。明末王思任有"会稽乃报仇雪耻之乡，非藏垢纳污之地"之言，越人的善于复仇，以勾践最为有名。鲁迅终身喜读乡贤的著作，从地方文化传统中得养性情，复仇主题在《铸剑》中成为绝唱，后有以现代"国殇"誉之者。

《铸剑》一文于身体的处理很不寻常，身首异处是古代常见的一种对暴力死亡事件的描述，眉间尺的父亲被国王处死后，"身首分埋在前门和后苑"了。砍头在冷兵器时代是习见的处死方式，因面容的可辨识，屠戮目标后以头颅为证，但这小说中的人头，却在鼎中唯剩下头骨，国王、眉间尺和侠客，三只头再也分不出了。复仇的前提是，你得认清自己的仇敌，那么报了仇之后呢，故事可以结束了？与仇敌同归于尽，是复仇的一种实现，但这一故事却是报仇者似乎有意要与仇人打成一片，达到难分彼此的目的。

眉间尺的身体，宴之敖者的身体，在复仇行为中，似乎皆为多

---

[1] 司马迁：《史记》第10册，中华书局1959年版，第3181页。

馀之物，这也是奇特的。那孩子把复仇的剑和自己的头交给宴之敖者，他的身体便被作者交给了饥饿的狼："第一口撕尽了眉间尺的青衣，第二口便身体全不见了，血痕也顷刻舔尽，只微微听得咀嚼骨头的声音。"

后来宴之敖者带着眉间尺的头在金鼎中表演，目的在吸引观看者伸出自己的头，时机降临，他先将王者之头挥斩入鼎，继而却是他自己的头，这太出人意料了，而他身体的下落，则没有交代。直至下葬之时，才重又提起了身体——那是王的身体，"只能将三个头骨都和王的身体放在金棺里落葬"。

这一体三头的意象过于突兀可怖，到底意味着什么呢？

铸剑用的铁，既是王妃所产，那么至少名义上这对雌雄剑，乃是王的儿子，即它以王子身体铸就。这不吉利的神锋，先杀了锻造他的父亲，又害了他名分或血缘上的父亲，犯下了双重弑父的罪孽，并吞噬了两个无辜年轻的性命——眉间尺和宴之敖者。而此两人却是为了伟大的复仇事业饮剑而亡的，或说自愿将生命投入到了那剑刃之上，与双剑合为一体了。这个故事，可以称为中国版的"王子复仇记"。

从小说的结局来看，复仇者无法成为王权的终结者，只要看看那些大臣后妃，还有围观的百姓，一定会找出一个王位继承者，好让他们的好日月继续下去的。

三、从《过客》到《起死》

如果说《野草》是鲁迅的《离骚》，那么《故事新编》相当于鲁迅的《史记》。我们来体会《野草》中的《过客》和《故事新编》中的《起死》。

这是鲁迅相隔十年以对话体写就的两部短剧。本文深信鲁迅写作《起死》的时候，有意识要与《过客》凑成一对儿，两个文本之间内容细节上诸多关联，可以提供内证。抛开出场人物之间身份上的差异，延引两剧情的事物，同样是一碗水和一片布。

过客所以停下脚步，走向老翁和女孩的住所，是因他口渴，想要讨一碗水喝，"这地方又没有一个池塘，一个水洼"。既然喝完了水，该上路了，女孩却主动以片布相赠，使剧情略微复杂起来，推拒了一番之后，到底带着那并无实际用途的一片布上路去了。告别得十分友好，彼此以平安相祝，情意绵绵。虽然前面路途凶险——长满野百合、野蔷薇的坟场。过客并非被放逐者，他与现实的关系在拒绝的基调之外还是有些馀裕的。

《起死》中道士化的庄子一上场也口渴，他似乎比过客有运气，旁边正好有水溜，"拨开浮萍，用手掬起水来，喝了十几口"。口渴顺利解决，自然该继续上路，但意外地发现了地上的一个骷髅，于是说了一番猜测其身份与死因的话，意犹未尽，用司命的话说，"喝够了水，不安分起来"，执意要替那骷髅做起死回生的事情。于是平地里"跳起一个汉子来"，"全身赤条条一丝不挂"，叫作杨大的，五百年前商纣王时代之人，他一觉醒来发现自己行囊全无，衣服也被人剥光，自然无视庄子的考古兴趣和骗人的谎言，只想先得到"一片布"遮羞，不幸庄子没有多馀的布可以施舍，他正要去见楚王（原文只说去楚国，见楚王是鲁迅所加，与庄子本事不合，影射后来的道教人物，总是设法运动皇帝求取富贵）。"干自家的运动"，所以"不穿袍子，不行，脱了小衫，光穿一件袍子，也不行"，汉子当然不依，定要跟庄子要自己的衣裳、包裹行囊，不惜使用蛮力。情急之下，庄子吹响警笛，召来了巡士。巡士认出了庄子，其上司局长大人读过《齐物论》，十分佩服，这让庄子得以脱身，骑马走了。汉子的"一片布"仍无着落，只好揪住巡士不放手，无奈的巡士在落幕前吹响了警笛。

《过客》中的"一片布"，象征着情意，寄托着女孩的爱与惜，"这太多的好意，我没法感激"，"姑娘，你这片布太好，可是太小一点了，还了你吧"。

对于布的理解，是可轻可重的，如翁所言："你带去罢。要是太重了，可以随时抛在坟地里面的。""阿阿，那不行的。""那么，你挂在野百合野蔷薇上就是了。"

女孩拍手了。那孩子气的满足，他怎么忍心剥夺，怎么能不带走——接受？

布到了《起死》当中，成了你争我夺的生存资源，甲欲得则乙必失，失布小民固然难缠，持万物本非我有论如庄子者，在布的问题上亦当仁不让。袍子，小衫，一样也不能放弃。难怪被司命嘲笑为"能说不能行，是人而非神"。庄子的急于走脱，还有某种害怕的意思，害怕真相，太害怕真实的东西，且汉子蛮干起来，善于算计的人岂不吃了眼前亏。手里有警棍的巡士却不怕任何人："再麻烦，看我带你到局里去！""没有衣服就不能探亲吗？"这些话也许吓得住初进上海褴褛的乡下人，却吓不住赤条条的商纣王时代的杨大。汉子和巡士冲突下去，主动与被动便颠倒过来，"我要你带我到局里去"，"我不放你走"，说这话的反而是汉子了。巡士落得一个庄子的下场，吹响了求救的警笛。这是汉子的胜利吗？

哪怕曾经是骷髅，只要被赋予血肉之躯，就有权生存下去，并且正当地要求温饱，进而期待愿景。这天赋人权不可剥夺，谁无视它谁将被时代抛弃。农民要活下去，这是农民革命的根本动力。至此，鲁迅距离毛泽东的革命理论只一步之遥了。一九三六年，是中国历史的又一个转折点。日寇的进攻，终结了国民党为期十年的统治。抗战建国成为唯一的出路，而农民成为中国起死回生的关键，这是这部作品的预言性和前瞻性吧。一个杨大，已经让警察没法子了，如果杨家庄的人全部出动，再多的警力恐怕也对付不了。

过客这个先觉者，曾经担负过启蒙的使命吗？他完成得了吗？道士跑掉了，知识分子如何与民众结合？这是时代的大难题，抗战中并没有解决，而是把问题拖了下来。革命成功之后，这个问题仍然存在，后来的知识分子下放，知识青年下乡，仍没有解决。今天解决了吗？农民工进城了，知识青年成了所谓公知，事实上把这个问题终于取消了。

李白《春夜宴从弟桃李园序》有"夫天地者，万物之逆旅也；光阴者，百代之过客也。而浮生若梦，为欢几何？"这是诗意的表达。

中国历史的现实往往是，在治乱之间循环，水旱之灾频发，饥馑匪患不断，壮年走四方，老幼转乎沟壑。过客遇到的一老一幼，正是在沟壑之中。他本人值壮年，却不是谋食者。被某种神秘的力量驱使着，既不知来路，亦不知去路，却仍苦苦奔命，虽有犹豫彷徨情绪流露出来，但信念是坚定的，一个不知何故却被父母之邦放逐之人，魏连殳式的异类。[1]鲁迅在《华盖集·北京通信》中说："我自己，是什么也不怕的，生命是我自己的东西，所以我不妨大步走去，向着我自以为可以走去的路；即使前面是深渊，荆棘，狭谷，火坑，都由我自己负责。"

托尔斯泰说，人生是一件沉重的担子，过客的来路，事实上是清楚的，老翁说："那是我最熟悉的地方，也许倒是于你们最好的地方。""还不如回转去"的诱惑始终是存在的。

那是个什么样的地方呢？"没一处没有名目，没一处没有地主，没一处没有驱逐和牢笼，没一处没有皮面的笑容，没一处没有眶外的眼泪。""我憎恶他们。"

"你也会遇见心底的眼泪，为你的悲哀。"与《起死》相比，《过客》具有很强烈的抒情性，特别是将"一片布"在过客与女孩之间，赠予、接受、拒绝、归还、再赠予、再归还。最后得胜的竟然是女孩，"你挂在野百合野蔷薇上就是也"。

他本可以留下来，等那女孩子长大后给他做一个妻子，说不定还能带着她一起走，然而他不，他到底还是独自上路了。

---

[1] 一九三九年十月，在纪念鲁迅逝世三周年时，《过客》曾经被剧协作为舞台剧演出过，胡风为这一演出所作的说明是："像《孤独者》里面的魏连殳一样，这过客也就是先生自己。"见《胡风评论集》中卷，人民文学出版社1984年版，第93页。

《过客》写于一九二五年三月二日，鲁迅收到许广平给他的第一封信在同年的三月十一日，相隔不过九日。《过客》发表在三月九日出版的第十七期《语丝》上，甫一落笔，那一片布仿佛在冥冥之中立刻引起一位女学生读者的注意，许广平三月十五日给鲁迅的第二封信中提到，她已经读了这部作品，对于过客前面的未知的路，许广平说"'过客'到了那里，也许并不见所谓坟和花，所见的倒是另一事物——但'过客'也还是不妨一问，而且也似乎是值得一问的"[1]，这话是于鲁迅在第一封回信中所言"倘遇见老实人，也许夺他食物来充饥，但是不问路，因为我料定他并不知道的"一语的回应。

勇猛如子路的许广平，在《野草》还没有写完之际，闯进了鲁迅的生活。

而这一年的年底所写的同样收入《野草》集中的《腊叶》，作者自己说："是为爱我者的想要保存我而作的。"[2]

从某种意义上，《故事新编》皆是"起死人于地下"，令其复活，演绎其故事于当下。从《过客》到《起死》，我们分明看到十年间鲁迅的作品，已经荡尽了闲情逸致。

作为《故事新编》的压卷之作，《起死》所召唤的亡魂，并不是鲁迅一生受其影响很深的庄子，而是顶着庄子名目的普通道士，出没于汉唐之后披着道袍装神弄鬼的术士。庄子虽然代不绝人，但在历史上真正有势力者，每每是能说服人主的道教方术大师，从金元时期的邱长春，到明朝的张三丰。庄子特别擅长使用寓言，在《庄子》一书中也包含了二百多则寓言，以鲁迅对于庄子的熟悉，大可以随意选取。他最终采纳《至乐》中庄子遇到骷髅——与之对话："死无君于上，无臣于下，亦无四时之事，从然以天地为春秋。虽南面王，乐不

---

[1]《许广平文集》第3卷，江苏人民出版社1998年版，第12页。

[2]《鲁迅全集》第4卷，人民文学出版社1956年版，第281页。

能过也。"庄子说要通过司命"复生子形","为子骨肉肌肤，反子父母妻子，闾里知识，子欲之乎？"骷髅拒绝了庄子的好意或者说多事。理由是"吾安能弃南面王乐，而复为人间之劳乎"？

在鲁迅的笔下，庄子没有征求骷髅的意愿，自作主张地将他起死于地下。鬼魂阻挠了一下，司命在庄子的强烈要求下，便给他做了。这骷髅已经死了五百年。司马迁说过五百年必有圣人出，那是上古的事情了。宋元以降，情况大变，如今的现实是，不必等五百年，时刻皆有蛮人出。一个全身赤裸，充满蛮力的性命，杨家庄人氏，名叫杨大，字必恭。庄子怎么对付，真够这老头子受的。只知道惦念他的衣服、伞子、包裹，五十二个圜钱，斤半白糖，二斤南枣。解释不清，纠缠不过，庄子想还他一个死，但司命大神偏偏不肯再帮这个忙，于是庄子的麻烦大了。庄子被逼到绝处时，吹响了警笛，召来了一名警士。仿佛事情正发生在上海的马路上。

汉子与过客完全不同，过客写的是个人，一个真正的异类，先觉者，一种精神，在一九二五年或许还有这样的人存在的馀地，十年之后则未必还能有。杨大要成为时代的主人翁，你不好说这是一个可庆贺的时代，还是该悲悼的时代。杨大从开始就知道他需要什么，过去的评论家，将阅读的重点放在道士化的庄子的知行之间的脱节上，这亦是本文赞同的，但这已经不是问题之所在，主人翁既然变了，杨大的所知和所行，不是统一在一处的吗？

鲁迅留下的遗言，也许是问我们，这种真实真挚，其无畏其天性，能创造中国的未来吗？

四、英雄痛苦吗

鲁迅心仪的英雄，从摩罗诗人到大禹、墨翟，似乎表明青年时代的浪漫高蹈已经让位于晚年的崇尚实干。

先秦的儒、道、墨，本来各有所长，不幸在历史进程中皆堕落了。儒学变成了富贵学，一味追求仕禄，正道是科举，即便落榜，还可以坐馆，或者入幕；道家变成了道教，消极的隐居山林，延年益寿，积极的笑傲江湖，得道成仙。墨者自苦，绝迹得早，侠客列传，载之于《史记》《汉书》，后世无传其事者。侠的末流，变成了盗，再下就是流氓了。要说流氓是真流氓，他格外的要依靠修辞来行事的："后面是传统的靠山，对手又非浩荡的强敌，他就在其间横行过去。"[1]

《理水》和《非攻》是另外两部互相对应的作品。通常认为这是鲁迅描写了两个正面英雄形象的作品，大禹和墨子，是中国历史上前后相继的一对埋头苦干式的人物。

《庄子·天下》中，已经把墨子和大禹放在一起言说：

> 墨子称道曰："昔禹之湮洪水，决江河而通四夷九州也，名山三百，支川三千，小者无数。禹亲自操橐耜，而九杂天下之川；腓无胈，胫无毛，沐甚雨，栉疾风，置万国。禹大圣人也，而形劳天下也如此。"使后世之墨者，多以裘褐为衣，以跂蹻为服，日夜不休，以自苦为极，曰："不能如此，非禹之道也，不足谓墨。"[2]

孟子也说"禹八年于外，三过其门而不入"。墨家是以禹为榜样，自觉地师承他的。

鲁迅于黑色的爱好，在这里贯穿下来："一群乞丐似的大汉，面目黧黑，衣服破旧，竟冲破断绝交通的界线，闯到局里来了。""奔来的也临近了，头一个虽然面貌黑瘦，但从神情上，也就认识他正是

---

[1]《鲁迅全集》第4卷，人民文学出版社1956年版，第124页。

[2] 郭庆藩：《庄子集释》第4册，中华书局1961年版，第1077页。

禹；其馀的自然是他的随员。"[1]

墨子姓墨名翟，史料上对于他的长相肤色并无记载，鲁迅在《非攻》中，让他出场了许久，走了好些路，连草鞋都走碎掉了，也始终没有描写他的面容。直到去叩公输班的门，才通过那门丁的答话说出墨子的长相来，"像一个乞丐。三十来岁。高个子，乌黑的脸"，终其篇也不过这一句。墨子对公输班说的话，简短而自信十足："如果你一味行义，我还要送你天下哩！"

有人说这两篇小说显示了鲁迅于革命成功之后的想象。

对辛亥革命的观察与思考，目睹了这一革命的匪夷所思的成果之后，鲁迅于任何革命都不再抱有不切实际的幻想。假如鲁迅活到反右或者"文革"时期会怎样？温和如老舍，在政治上愿意服从和服务于政策如赵树理，一个投水自尽，一个死在狱中，已经以事实回答了这个问题。

鲁迅笔下始终还有一个正面人物，就是鲁迅本人。

一切可能的教育，说到底不过是个人的自我教育。鲁迅在非常年轻的时候，也像一切年轻人一样对环境不满，立志走异路到异地寻求别样的人们，考取官费留学日本。以日本这个窗口，了解了西洋文化的种种，拜伦，尼采，裴多菲，普希金，果戈理，陀思妥耶夫斯基。崇尚摩罗诗人，别立新宗。鲁迅一生的"立人"事业，假若没有产生另外的效果的话，至少在他自己身上是成功的。谁能如他那样敢恨，敢爱，敢怒，敢骂，敢打，没有半点的奴颜与媚骨，更莫要说去做戏了。他对世相洞若观火，看得透彻，却既不灰心也不轻易上当。

鲁迅是旧文化的革新者，于中国固有的传统特别是那些优秀的传统，老庄的深邃，墨翟的实干，汉唐的自信大度，嵇阮式的师心使气、魏晋风流，不仅了然于胸，而且化在身上，流露在文字中。于眼前的人间万象，看得准判得明，针砭时弊，痛快淋漓。"五四"一代

---

[1]《鲁迅全集》第2卷，人民文学出版社1956年版，第340页。

具有新气象的文人群体中，鲁迅是最杰出者。

如今许多人患上了怀旧痼疾，不识文化为何物，遇到三两个没落子弟、文人气作家，在他们身上寻得些旧习气，也不问伦类呼为士大夫，目之为传统的保存者或民国范儿，这大约是没有真正地读进去并理解鲁迅的缘故，对一个文学家最大的尊重，是深入地阅读他的作品，鲁迅的真精神，与乔张做致的轻佻之气是相反的。

这个时代物质对于青年的逼迫，超出一切过往所有的时代，所以更需要阅读鲁迅。这个时代的另一种失措，便是文化当中的复辟回潮，"文革"中所破之"四旧"，因否定"文革"而似乎一夜之间成了宝贝，传统中的许多糟粕改头换面，做出种种国学的模样，狐假虎威，这时候可以拿鲁迅做一面镜子。

鲁迅与现在的青年，最不该隔膜。中国文化在这两百年的转型与劫难中，最大的收获，是鲁迅这个人以及他的文。有这样的父师在，真的在虚空与黑暗中寻求意义和道路的子弟，皆可以得到切实的支援。

一些研究者喜谈鲁迅的痛苦，称他有一个"无法直面的人生"，鲁迅真的痛苦吗？依照佛家的理解，人生即是苦海无边，生老病死是其常态，生而为人，靠瞒和骗，并不能逃得出痛苦。直面痛苦而拒绝皈依，也不过是普通的人生道路而已。

鲁迅心理阴暗吗？他实在是坦荡极了的一个人。像墨子一样，出去做事情的时候，"衣服也不打点，也不带洗脸手巾，只把皮带紧了一紧，走到堂下，穿好草鞋，背上包裹，头也不回的走了"。

鲁迅失败吗？他无疑是中国现代最成功的著作家了。

《野草》是诗，偏偏被人解作痛苦，甚至是日常的痛苦。这种尼采式的痛苦，有人这样描述："他们感兴趣的不仅是人类，而且是人类的命运，他们不仅想创作一部作品，而且想革新整个文化，这时却处处遇到不解和限制，而这才是他们伟大的痛苦。"

在鲁迅翻译的厨川白村《苦闷的象征》的扉页上，有一段题词，出自雪莱的长诗《朱利安与麦德罗》，其最后一句：They learn in suffering what they teach in song. 这本书的日文编者山本修二在《后记》中说，先生（厨川白村）的生涯，是说尽在雪莱的这一句诗里了。对于理解鲁迅的作品，特别是《野草》和《故事新编》，这句话可以当作指针。

本书把它译成：他们把受难习得的，以歌唱传授。

五、地狱还是失掉的好

论《失掉的好地狱》。

作者在为《野草》英译本所写短序中说："这（指《野草》中的作品）也可以说，大半是废弛的地狱边沿的惨白色的小花，当然不会美丽。但这地狱也必须失掉。这是由几个有雄辩和辣手，而那时还未得志的英雄们的脸色和语气所告诉我的。我于是作《失掉的好地狱》。"

冯雪峰说："一方面预见着国民党政权的黑暗，一方面也流露着作者当时对革命前途的一种悲观的看法。"[1]

此文写于一九二五年六月，北伐尚未开始，国共合作还没有破裂，未来十年的国民党统治（一九二七至一九三七）并未到来，也看不出一定会到来。鲁迅的文字与现实之相关，未必会是那么短期的切近现实。对于上世纪三十年代的读者而言，那样理解未必能说得过去。倒像是一种后设叙事，因结果而想象原因。经历过"文革"之后的人们，再读这篇短文，对于"一语成谶"四字不能不感到畏惧："他（一伟大的男子）收得天国，收得人间，也收得地狱。他于是亲临地狱，坐在中央，遍身发大光辉，照见一切鬼众。""人类于是完全掌握了主宰地狱的大威权，那威棱且在魔鬼以上。人类于是整顿废弛，给牛首阿旁以最高的俸草；而且，添薪加火，磨砺刀山，使地狱全体改观，一洗先前颓废的气象。"[2]

---

[1]《雪峰文集》第4卷，人民文学出版社1985年版，第292页。

[2]《鲁迅全集》第2卷，人民文学出版社1956年版，第189页。

杨义认为:"它隐喻着某种荒唐的历史逻辑:在人类正义旗号下,重复比魔鬼更为残酷的政治,这竟成为近代史相当一段时间的血的现实。"[1]

目光如炬的鲁迅,不会被任何"正义旗号"所蒙蔽,而仅凭"未得志的英雄们的脸色和语气",就能断定他们得志之后,会干些什么勾当。鲁迅实在可以说是察言观色的高手,洞悉为何"这地狱也必须失掉"的"荒唐的历史逻辑",假如他能够预见到诸如"文革"的多次浩劫,看到未来那"血的现实",又如何不陷入"悲观"呢?

"于浩歌狂热之际中寒,于天上看见深渊,于一切眼中看见无所有;于无所希望中得救。"[2]除了鲁迅,谁还能给当代人提供这样令人畏惧的文字?

章太炎在评价戴震的时候曾经说:"他虽专讲儒教,却不服宋儒,常说'法律杀人,还是可救;理学杀人,便无可救。'因这位东原先生,生在满洲雍正之末,那满洲雍正所作朱批上谕,责备臣下,并不用法律上的说话,总说,'你的天良何在?你自己问心可以无愧的吗?'只这几句宋儒理学的话,就可以任意杀人。世人总说雍正最为酷虐,却不晓是理学助成的。"[3]

理学之为树也,根深叶茂,即使那些仇视和鄙视其苦果、恶果者,也在对大树的仰视中惭愧起来,中国的那句古话,叫蚍蜉撼树谈何易。以救世为急务者,大概自己也弄不明白,为什么这棵好树,不知从何时起就不结好的果子了。

《野草》里充满了现代性。鲁迅称《野草》"这二十多篇小品","大抵仅仅是随时的小感想"。有些鲁迅专家偏偏要说这不是"小感想",是鲁迅的生命哲学。

死亡的意象在《野草》中是突出的,《离骚》《哀江南赋》《与山

---

[1]《杨义文存》第5卷,人民出版社1998年版,第577页。

[2]《鲁迅全集》第2卷,人民文学出版社1956年版,第191页。

[3] 姜玢编:《革故鼎新的哲理:章太炎文选》,上海远东出版社1996年版,第148页。

巨源绝交书》甚至陶渊明的《自挽诗》，皆没有如此突出的死亡意象。列维纳斯说，死是真正的他者。

鲁迅一生拒斥死的说教者，真正在精神上"有一分热，发一分光"。

深入阅读鲁迅本人的作品，是了解他的唯一途径。传记研究之类大约可以不必那么重视。谈论鲁迅的著作，更不必煞有介事戴着各种纸糊的帽子。

鲁迅死了近八十年了，人间世仍摆出一个"无物之阵"对付他，令他举起了的投枪无处可掷。

"文革"中的革命式利用，是作为红宝书的副本出现的，单看看那些个题目，就知道鲁迅的文字被集合在一支什么样的队伍中，穿上了什么样的衣服，要去向哪里。[1]今日的学科式利用，也未见得胜出几筹，大学弄成了官府，冲着学位和文凭而挤进去的青年们，首需苦读名流的高头讲章，再挤出少量时间来读鲁迅。无论当年的"红卫兵"，还是今日的博士们，都是做正经事情的，谁能顾得上鲁迅的那点小意思呢？毛泽东在延安时期说过，鲁迅是新中国的第一等圣人，然而旧中国对于圣人，是磕头与摘录，赋得时文，新中国之于圣人，改变了多少？

鲁迅研究学者们的穷途在于，连陌生化的策略，也被郑重其事地提出来，不意透露了这些研究者们的工作方式。简直不读鲁迅，或说迫不得已时才读，这样避免卷入鲁迅的精神纠纷，又可以写出略为不同的论文，务必在论著中表明作者对于鲁迅研究界同人著作的熟悉，以海量注释和参考文献为证，这样的风气也不止在鲁迅的研究领域。

---

[1] 直至"文革"后期，中央党校编写组还出版了一部《鲁迅批判孔孟之道的言论摘录》。一九七六年人民文学出版社出版《鲁迅言论选辑》其一其二，将鲁迅言论分列九题：一、论阶级和阶级斗争；二、支持新生事物；三、坚持革新，反对倒退；四、批判投降主义；五、反对调和、折中；六、论无产阶级革命和无产阶级专政；七、论教育革命；八、论文艺革命；九、论科技革命。这些新题目与四十年前的旧文字，竟能被统一于时势政治的手册里，鲁迅实在够得上一位先知了，这是对启蒙者的反讽吗？

作为文人和作家而言，鲁迅一生的境遇，还是令人欣慰的。当年许广平写信，表示愿意做鲁迅的马前卒，鲁迅回说他并没有马，坐人力车已经是最阔气的时候了。至于毁誉，陈独秀作为鲁迅的老友在一九三七年说，"世之毁誉过当者，莫如对于鲁迅先生"，"在民国十六七年，他还没有接近政党以前，党中一班无知妄人，把他骂得一文不值，那时我曾为他大抱不平。后来他接近了政党，同是那一班无知妄人，忽然把他抬到三十三层天以上，仿佛鲁迅先生从前是个狗，后来是个神"[1]。鲁迅离世之后，"那一班无知妄人"以此出名，宛若大人物，鲁迅的政治地位也高到了"三十三层天以上"，但那绝非鲁迅所乐于看到的，这是鲁迅与其他文人大不相同的地方。

鲁迅的全集，依靠国营新华书店的发行渠道，销售至全国穷乡僻壤，但要真正读懂鲁迅，将书籍曾经拿在手中的人，还有一生的路要走。

六、新文学的经典

鲁迅去世的时候，被看作是中国的高尔基。那时中国的红色政权，仅在狭小的陕甘宁边区"割据"着，未必有人预见它十多年之后的崛起。"改革最快的还是火与剑"，这是鲁迅一九二五年所说的话。中国现代文学的历史短，规模不大，重新发现大作家的可能性不大。上世纪八十年代之后对于钱锺书、沈从文、张爱玲等的发现，并不是真的重新找到了未面世的大师，不过是由于意识形态的原因，这些在作品发表的当时曾经产生过影响的作者，被文学史的权力排斥了三十年。

鲁迅与穆齐尔（一八八〇至一九四二）、乔伊斯（一八八二至一九四一）、伍尔芙（一八八二至一九四一）、卡夫卡（一八八三至一九二四）、佩索阿（一八八八至一九三五）等是同时代人，与这些

---

[1] 陈独秀：《我们断然有救》，东方出版社1998年版，第242页。

西方现代主义的文学大师相比，其作品一向缺乏被当作文学去对待。

鲁迅的最大主张是什么呢？

在本文看来，是自然人性论。首要生存，次要温饱，再求发展。但这生存却是属人的，有尊严的，立人之先，在精神觉悟，"人道主义与个人主义的消长"。中国的自然人性论不同于西方，它不是价值中立的。它根源于先秦诸子正德厚生利用的原始观念，充分肯定尘世生活和个人自然欲望的合理性，在与他人的关系中以忠恕之道处之。通过教育经由阅读以期对于个人的道德境界和思维习惯有所改进，与通过强制性劳动或者剥夺其自由进行改造，动机也许有相通之处，但结果则有天壤之别。"己所不欲，勿施于人"的古训，最难恪守。

改造社会与改造国民性，如何下手，今天仍是一个问题。从阅读鲁迅开始，从改造自我开始，本文以为不仅是稳妥的路，也是切实的路。旁人怎样，我们无权干涉，自己的人生，却要由自己来决定，鲁迅实在是一个行走在人生长途中遭遇歧途与末路时的良好的向导。许广平当年写信问路于他，鲁迅的回答耐心而具体，并没有像过客那样急于逃进自己的孤寂中，或故意做出冷漠的样子。查拉图斯特拉的不食人间烟火，在中国竟然幸运地演化成一段携手十年的恋情，拥有现代大学之母洪堡大学的德国，却没有一位现代的女性走进尼采的生活。

鲁迅是中国文化内部变革冲动的体现，这一文化所以变革，是因为人的缘故。即使在鲁迅身后，孩子们依然没有能从此"幸福地度日"、"合理地做人"，更新中国文化的事，并不因此而停止。

鲁迅生在清光绪七年，殁于中华民国二十五年，做了一辈子反对派，可谓善始善终，至死也不妥协，就这一点，也不是有些文人可以比拟的："毕生心血，寄诸楮墨，喜怒哀乐，达于文辞，率直淋漓，不加掩饰，渊博纯正，光芒四射，而一以振励民族精神为依归。"[1] 早年作为大清国的官费留学生，在日本即加入排满为宗旨的复兴会，后来在民国的教育部领了十几年的薪水，兼任国立大学的教授，批评起政府来不留情，"我觉得并没有所谓中华民国"。鲁迅晚年住在国民党统治下的上海，却公开承认自己的左翼作家身份，与红色青年相过从，虽有时在租界中躲来躲去，窝藏过瞿秋白这样的政府悬赏捉拿的共产党首要分子，却未有过牢狱之灾。生命的最后几年发表文章困难，偏偏写得最多，"钻网"的经验和办法似乎特别丰富，生前印行了十九部个人自编文集，译述不算。后两年，包括译著在内的二十卷本全集便已问世。据说日译本《大鲁迅全集》在中文版之前的一九三七年已然出版，不知包含哪些著作。《阿Q正传》等著作的英、俄乃至捷克语译本等在生前已面世。

作为学者，鲁迅虽只有薄薄的《中国小说史略》，他在材料上下的功夫和卓绝的眼光、见识，令后来治中国小说史的人感受到莫大的压力。鲁迅的学术论文，严格说起来大约只有《中国小说的历史变迁》和《魏晋风度及文章与药及酒之关系》，后者于理解鲁迅其人尤为关键，此文是鲁迅一九二七年间在广州夏期学术演讲会所作的演讲，当时由许广平任粤语翻译。七月二十三日上午、二十六日上午，每次两小时，两次共四小时讲完。后收入《而已集》中，这在鲁迅的文章中算是一篇少见的长文了。

定居上海后，鲁迅不再去大学教书，真正称得上鲁迅的学生者，是将其作品深入研读的一位，日本人增田涉。一九三一年三月，不满三十岁的日本青年增田涉来到上海，想把《中国小说史略》译为日文。此后的十个月里，他差不多天天到鲁迅家中，通常在午后，连续三四个小时，鲁迅亲为他讲授，小说史而外还讲过《呐喊》与《彷徨》。他离开中国后，鲁迅定期与之通信，循循善诱，诲人不倦。鲁

---

[1] 许广平：《鲁迅全集编校后记》，载《鲁迅全集》第8卷，新疆人民出版社1995年版，第313页。

迅似乎将藤野先生的师恩报答在增田涉身上。可以说，日本的鲁迅研究的种子，是鲁迅亲自播下的，增田涉的好友竹内好后为一代名家，此外木山英雄、丸山升、伊藤虎丸、山田敬三、丸尾常喜、北冈正子、尾崎秀树、竹内芳郎等皆有著述，这些年有许多译成中文出版，令国内的鲁迅研究者耳目一新。

日本的鲁迅研究有特色：一、队伍不庞大，但整体实力比较整齐，以竹内好为最有影响力。二、一些概念的提出，反现代的现代性、回心等，已成为学界讨论的话题，"竹内鲁迅""丸山鲁迅"的说法，更显示其自成一家的气象。三、认为周作人具有与鲁迅同等的重要性，如木山英雄。尤其看重他于日本文化的评价，特别是好评。四、在鲁迅重点作品的解读与阐释上肯下笨功夫，学风踏实。木山英雄之于《野草》《狂人日记》《阿Q正传》《故事新编》等，丸尾常喜之于《呐喊》《野草》等。五、把鲁迅放在古今中西的文化焦点上来考察，尊重其作品的本来面目，既没有神化鲁迅，也没有实用主义歪曲和利用他为某种政治服务。

竹内好认为，鲁迅一生的关键时刻是蛰居宣武门绍兴会馆埋头古籍的那几年："我想，在那沉默中，鲁迅不是抓住了对于他一生可以说是具有决定意义的回心的东西了吗？作为鲁迅的'骨骼'的形成的时期，我不能想到别的时期。"[1]

仿照竹内的思路，国内有研究者提出一九二三年是另一关键，鲁迅遭遇了兄弟反目打击，陷于搬家琐事和疾病缠身几乎什么文章也没写——沉默的一年，在本文看来这或许是某种猜想。作家是在自己的作品中成长和长成的，文字写出来的那个时刻，即是他改观定型的时刻，不是他先变成作家再去写那些想好了的作品，相反，倒是一部尚未写出的作品，把他带到一个此前从未去过的地方。甚至可以说，是作品的写作过程——作品的最终完成——创造出了作家。而鲁迅一生

---

[1] 竹内好：《鲁迅》，李心峰译，浙江文艺出版社1986年版，第46页。

的文字，很少完成后长期积压在抽屉里。在本文看来，鲁迅的一生的关键时刻，毫无疑问是那些重要作品写作的时刻。此外大约就是一些个人事件发生、重大决定作出的时刻了，比如鲁迅意外地接到周作人断交信的一刻，决定与许广平生活在一起的一刻。鲁迅的确说过，"当我沉默着的时候，我觉得充实；我将开口，同时感到空虚"，但这是作为《野草》题词的开头写下来的首句。在不写作的时候，相信鲁迅如其他不写作的人一样生活，既有苦闷，亦有欢欣，仿佛为写作积累着素材，其实并不尽然。写作是一种行为，作品是写作的结果，非不写作所结之果，用之于任何大作家无不成立。对于莎士比亚的生平，我们所知材料甚少，但相信《汉姆雷特》《麦克白》《李尔王》写成之日，是莎翁之为莎翁诞生之时。作家和他的作品同时诞生，这是自然的判断。鲁迅日本留学时期的思想，假如没有"《河南》五论"作证，便什么也没有，蛰居沉默，没有作品问世的年月，于文学研究没有意义，生命自然而然，可以在事后把它想象成未来作品的潜伏与孕育，但不过是想象而已。《野草》作为一九二四年的作品，写作它们的那些日期才是关键。一九二三年的种种事件，会影响到鲁迅其人，间接影响到作品，但《野草》中那些短小的篇章，并不需要长期构思。年谱一列，作家的线索和段落便清清楚楚，除非作者自己声明，研究者无权把寅年的创作归功于丑年甚至子年的所谓"沉默"。时间上的前后关系，并不能任意转换成因果联系。创作不同于学术研究，除了平日的生活思想积累外，触机所起的作用非常大。研究者只应依靠作品本身，从作品出发求得理解，古人称以意逆志。超越这一界限，就变为某种"猜想"了。尼采认为，"所有的伟人是伟大的工作者"，又说，"每个人都有与生俱来的才华，但很少有人天生就具备或经教育而获得如此程度的韧劲、毅力和能量，从而真正地成为人才，即成为他之所是。这意味着，才华是工作和行为中释放出来的"。

七、微言以致诬，玄议以成惑

鲁迅在给许广平的第一封信中说："如果遇见老虎，我就爬上树去，等它饿得走去了再下来，倘它竟不走，我就自己饿死在树上，而且先用带子缚住，连死尸也决不给它吃。但倘若没有树呢？那么，没有法子，只好请它吃了，但也不妨也咬它一口。"[1]

对于佛的舍身饲虎，鲁迅显然有意要忤逆一下。鲁迅与佛教的关系渊源深，可以和尼采与基督教的关系好有一比。尼采曾大声疾呼"上帝死了"，声震欧陆。鲁迅小声地对至交说过："佛教和孔教一样，都已经死亡，永不会复活了。"[2]声音虽小，判断却下得决绝，而他的老师章太炎是主张以佛法救中国的。"用宗教发起信心，增进国民的道德"，鲁迅生前最后一文中曾提起乃师的这句话。不过与尼采不遗余力攻击基督教不同，鲁迅很少或者从未直接批评过佛教，且于小乘的力行，还赞赏有加。

鲁迅常常说："我所抨击的是社会上的种种黑暗，不是专对国民党，这黑暗的根原，有远在一二千年前的，也有在几百年，几十年前的，不过国民党执政以来，还没有把它根绝罢了。现在他们不许我开口，好像他们决计要包庇上下几千年一切黑暗了。"[3]这样说话显然不是革命者的口吻。

"真也无怪有些慈悲心肠的人不愿意看野史，听故事；有些事情，真也不像人世，要令人毛骨悚然，心里受伤，永不痊愈的。"[4]

"但又开始知道了有些聪明的士大夫，依然会从血泊里寻出闲适来。"[5]现实的血泊，实际上是历史上血泊的再现，因为健忘，因为瞒

---

[1]《鲁迅全集》第11卷，人民文学出版社1981年版，第15页。

[2] 许寿裳：《亡友鲁迅印象记》，人民文学出版社1953年版，第44页。

[3] 同上，第76页。

[4]《鲁迅全集》第6卷，人民文学出版社1956年版，第133页。

[5] 同上，第136页。

和骗，历史的悲剧一再重演。老调子永远也唱不完。鲁迅深知延续了两千年黑暗势力的强大，偏想与其同归于尽。眉间尺与宴之敖者的快意恩仇，实际上并不能终结历史之恶的循环。

启蒙的名义也好，反封建的旗帜亦罢，依靠铁与火，埋葬了旧王朝，建立了新政权，并不等于历史可以从头开始。革命不得不继承下来历史的所有遗产，包括那些难以言说的隐性遗产，巨大的非理性冲动，持续了千年的道德主义狂热，后来的"史无前例"之祸正缘于此。不断革命也许是正当的，但以什么样的方式开展起来呢？建立新中国是一个相当长久的事业，不可能一蹴而就，理想的实现，却似乎无法暂缓宣布。当年反对国民党的时候，不论是真的相信，还是出于宣传的需要，一定会把历史上的黑暗归结于现政权，它的反动造成了现在的痛苦、不公正、非正义，这样才有理由取而代之，革命成功，新的治理者不再能延续旧政策、旧习惯、旧作风，主要的乃是旧思想。革命假若仅仅是产业的易主，所有权的变更登记，那难道不是革命本身的破产吗？一切忠于革命理想的人，不能接受这个结果。它已经许诺了对于从前加之对手头上的历史黑暗全部根绝，再根深蒂固也会在一夜之间拔除净尽，这在事实上是不可能的。

据许广平估计，一九三八年版二十卷《鲁迅全集》在一九四九年十月之前，印了四次（上海三次，东北一次），累计近一万套，鲁迅三十年集，大概也有这个数量。不包括那些单行本。一九四九年之后，十卷本《鲁迅全集》出版于五十年代，十六卷本出版于八十年代，发行量巨大。鲁迅的接受史，是漫长的意识形态化的进程。所谓意识形态化，要点在于不必忠实于原文，甚至不用看清楚原文，依你想要的意思去理解和发挥，更甚者根本不看原文，不涉理解，只顾发挥。只要调子哼对了，不需要也没有了原意。

萧军一九四二年写的《铸剑一篇解》就直称"黑色的人"为"无名氏"，这样的错误，此文后来再发表时始终不纠正，引用此文的人也不介意。无独有偶，林斤澜在近六十年后写《温故知新》一文，仍在重复。他向读者介绍"黑色人"时说，"却没有姓名，也不知来历，又和仇的双方都无干系"[1]，这三句，均与原作事实不符，黑色人明确说出过自己的名字宴之敖者，"生长汶汶乡，少无职业，晚遇名师"，这分明是其来历，至于他与眉间尺父子，关系很深，"我一向认识你的父亲，也如一向认识你一样"，作者写出姓名干系，林斤澜读出来正好相反，反过来以其作品"深奥不好懂"、"越加意义不明"，得出的结论是"写复仇的作品很多，可我没有读到这么'不成样子'的"。对于《故事新编》中鲁迅自己认为写得最认真的一篇完全否定。林斤澜也写小说，似乎是以小说家的眼光挑剔同行的作品，无论是对小说，还是对于复仇题材与鲁迅的看法相左，值得重视，可惜这"不成样子"的判断的"理据"，确乎离事实太远。他理想的复仇小说是什么样子，并没有说出来。另一位小说家残雪，与林的"不成样子"的判断相反，称小说"达到了登峰造极"，虽然本文未必同意她于复仇主题的"纯艺术层次"说法，但她于"鲁迅先生作为纯粹艺术家的这一面，长久以来为某种用心所掩盖、所歪曲"的论断，还是言中了的。在本人看来，这"掩盖"与"歪曲"的动机有二，除了"某种用心"之外，还有"某种太不用心"，后者更加令人失望。

《过客》中那女孩赠予的"一片布"的下落，原文中直至剧终，还在过客的手中，他尝试了几次要还回去，没有做到，原因在那女孩没有接过去。翁的最后的交代是，"要是太重了"，"你挂在野百合野蔷薇上就是了"，只有布仍在过客手中，并伴随他前行时，才有说这话的可能。所以，作品的事实非常清楚，过客虽不情愿但还是接受了那布的。冯雪峰一九五五年写的《论野草》一文，却说"拒绝女孩子给他包脚的一片布"，"因为太多的好意的赠与对他是过重的负担，会

---

[1] 林斤澜：《温故知新》，一土编：《21世纪：鲁迅和我们》，人民文学出版社2001年版，第483页。

使他不能走远路"[1]。这后边的一句话的意思，在过客几次归还布的过程中，表达得清楚，但同样清楚的是，他最后还是带了这片布走，鲁迅在布的赠与拒的问题上反复花费笔墨是有寓意的，倒使没有耐心看个仔细的读者，提前把这布弄丢了。批评家既然要写文章，不该中途放弃对于布的追踪，而满足于匆忙得出自己的结论。[2]萧、冯二人，曾是鲁迅信任的人，后者亦是鲁迅研究的权威和十卷本《鲁迅全集》编纂出版的主事者，在评论鲁迅时态度似乎不可谓不认真，出现这样的错误，可见真正了解鲁迅的意思，多么困难。

鲁迅在一九二五年的通信里对于《过客》的题旨曾经有过一番解说，阅读《过客》而对于那一片布的下落失察者，假如读了作者的这一番话，总该想到去纠正自己的过错吧。

"《过客》的意思不过如来信所说那样，即是虽然明知前路是坟而偏要走，就是反抗绝望，因为我以为绝望而反抗者难，比因希望而战斗者更勇猛，更悲壮。但这种反抗，每容易蹉跌在'爱'——感激也在内——里，所以那过客得了小女孩的一片破布的布施也几乎不能前进了。"[3]

意识形态化的阅读方式，妨碍我们了解鲁迅的作品。

八、同路人

一九二六年八月二十六日，鲁迅离开他居住十四年的北京，与许广平同行，乘火车转道天津，途经上海远赴厦门，九月五日抵达。鲁迅的离京，固然有政治的因素。三一八惨案之后，鲁迅受到通缉，躲

────────────

[1]《雪峰文集》第4卷，人民文学出版社1985年版，第288页。
[2] 李天明：《难以直说的苦衷——鲁迅野草探秘》，人民文学出版社2000年版，第75页。"她送给过客一块布来裹脚上的伤。然而他却拒绝了老人的劝告和女孩的布，顽固地继续他的旅程，"重复了同样的错误，不是理解上的错误，而是阅读上的错误。
[3]《鲁迅全集》第11卷，人民文学出版社1981年版，第442页。

进德国医院，五月二日后返回寓所，奉系军阀于文化界的镇压，使北京的气氛越来越恐怖，邵飘萍和林白水相继被暗杀，但重要的原因，是其个人发生的变动——许广平闯入了鲁迅的生活。

鲁迅本是安于孤独的人。新文学阵营瓦解了，情同手足的兄弟反目了，他已然守着自己的孤独，并写下《野草》，孤独酿出甘洌的酒，是赠与一切孤独者灵魂的礼物。面对不期然而至的爱情，鲁迅一定犹疑再三。他从来不是一个缺乏勇气的男人。

在鲁迅与许广平的关系上，体现了鲁迅的人格。他与许广平相识之时，与发妻已分居多年。他仍然克制自己的感情和欲望，首先想到的是怕辱没了对方，并不愿重建一个主奴关系作为婚姻的补充。假如说母亲为他缔结的带有旧式主奴色彩的婚姻无法变革的话，解除这关系反而于被动的一方有所伤害，鲁迅的不愿离婚是人道主义的考虑。对旧式女人而言，婚姻是她唯一的生存方式，服侍公婆天经地义，朱安曾经说过，"娘娘若是归了西，以大先生的为人，他也会养我一辈子的"。她未料到鲁迅死在了老太太前头。老太太去世之后，许广平仍然承担了朱安的生活费用，实际上是完成鲁迅的遗愿，虽然鲁迅未明言这点。朱安以旧式道德接纳许广平，视海婴为己出，许广平以新式道德——人道情谊赡养朱安，完成鲁迅的未竟之事。在那样一个过渡的时代里，这或许是最温暖最动人的一种方式了。

鲁迅和许广平的相识，是在女师大的课堂上，私情密谊的开始，则是通信。虽然在同一个城市里居住，年龄身份差异较大，蕴藉委婉的思想和感情在字斟句酌间流荡，纸上的交流显得优游充分，世上大约有许多恋情，是文字生发出来的。有些想象不出未识字不能写信的情人，那种无语，令人心碎。

鲁迅式的个人主义，与西方个人主义最大的差别，在于文化上的潜在氛围不同。相对于西式的理性主义框架下的主奴关系，中国的道德戒律"己所不欲，勿施于人"所传达的，不是"现成的'什么'，而是揭示出一个人与人相互对待、相互造就的构成原则，一种看待人生乃至世界的纯境域（sontextual，situational）的方式”[1]。有学者称为相互主体性（Intersubjectivity），试图以此区分鲁迅的“‘立人’思想”和“立‘人’思想”。而后者才是关键。“所谓‘立人’，所谓确立人的主体性或树立自我的主权，从而获得自由和解放，这一课题不能单独依靠自己来实现，也不能单向地解决，必须将它延伸到相互关系中。”“如何消除广泛存在于思想、制度、文化等领域的主从关系，停止奴役关系的再生产”[2]，这是鲁迅的问题所在。

相互主体性于鲁迅而言，不是一句空言，也不是抽象的理论。在《两地书》中有丰沛动人的材料可供体会。许广平一开始居于主动，甚至在许广平本人涉及两人爱情的文字中，男女角色是倒置的，她一九二五年十二月十二日发表于《国民新报副刊（乙刊）》（署名平林）上的《同行者》，一边以广东方言“佢俩”称呼他们，同时又始终以“她”称谓鲁迅。另一篇未发表的《风子是我的爱……》中，也有类似的意思：“风子有一个劫运，就是在上古的时候，人们把它女性化了！说它是‘风姨’，然而我则偏偏说它是风子。”“淡漠寡情的风子，时时攀起脸孔，呼呼的刮叫起来，是深山的虎声，还是狮吼呢？胆小而抖擞的，个个都躲避开了！穿插在躲避了的空洞洞呼号而无应是我的爱的风子呀！风子是我的爱，于是，我起始握着风子的手。”[3]鲁迅从第一封回信始，以男性化的称谓“广平兄”，令小女生发出抗议。后来的通信，多数仍以“广平兄”相称。一九二九年的通信改称“小刺猬”，与此相应则自称“小白象”。一九三二年的通信一律称“乖姑”。乖有“乖顺”“乖离”两个意思，当乖同时包含两种相悖的含义，意味要丰富一些，幽默起来，本书并不能想象鲁迅此称的准确含义，权作自解。白象是佛教中的祥瑞，“象有大威力，而其性

---

[1] 张祥龙：《从现象学到孔夫子》，商务印书馆2001年版，第193页。

[2] 高远东：《现代如何“拿来”：鲁迅的思想与文学论集》，复旦大学出版社2009年版，第75页。

[3] 民进中央宣传部、鲁迅博物馆编：《许广平》，开明出版社1995年版，第137页。

柔顺，故菩萨自兜率天降下，或乘六牙之白象，或自化白象而入摩耶夫人之胎"。"又象为普贤菩萨所乘，是表菩萨之大慈力也。""象有大力，表法身荷负，无漏无染，称之为白。"[1]

周作人曾引佛经之言，说流言之于小人，如石雨鸟，于大人则如华雨象。鲁迅曾经长年抄录佛经，他对这一惊心动魄的比喻肯定不陌生。他和许广平的爱情自然会受到非议，当他署名"小白象"的时候，相信自己可以无视流言，他真的是做到了，毅然而坦然。

《过客》中那位女孩的一小片布（或是一方旧帕子），改变了作者的生活。孤独者沉湎在自己的孤独之中是没有出路的，连尼采也不能不对未来的读者满怀期望。鲁迅一九三四年十二月写给许广平的一首七言古诗："十年携手共艰危，以沫相濡亦可哀。聊借画图怡倦眼，此中甘苦两心知。"[2]此诗向不为人知，一九三八年的二十卷《鲁迅全集》和一九五六年的十卷本《鲁迅全集》均未收录。一九六四年十月许广平在整理旧物时发现，此诗夹在他赠予她的《芥子园画谱》中，许广平不画画，三十年过去了，"追忆往事，不禁怃然"。

走出孤独的鲁迅，在生命的最后十年，由于对右翼政府的不满和叛逆，很自然地成为以上海为中心而酝酿出来的追求自由和进步的广义的左翼文化运动的同路人。而瞿秋白的《鲁迅杂感选集序言》，征服了鲁迅的心，使他将这位罗曼蒂克的革命家引为知己。

从"《河南》五论"到"北平五讲"，相隔二十五年，既表明中国社会的巨大变迁，也标志着晚年鲁迅思想的变化。他从早期的个人主义式的思想启蒙，已经转向了集体主义式的救亡方案。这既是其思想内在发展线索的逻辑延伸，同时又受到现实特别是外来侵略的逼迫。而贯穿前后始终不易的，乃是一种得自于章太炎的民族主义立场。

"北平五讲"指鲁迅一九三二年十一月二十二日在北京大学第二

---

[1] 丁福保：《佛学大辞典》，文物出版社1984年版，第456页。
[2] 《鲁迅全集》第8卷，人民文学出版社1981年版，第378页。

院的讲演《帮忙文学与帮闲文学》，同日在辅仁大学的演讲《今春的两种感想》，十一月二十四日在女子文理学院的演讲《革命文学与遵命文学》，十一月二十七日在北京师范大学演讲《再论"第三种人"》，十一月二十八日在中国大学的演讲《文艺与武力》。

陆万美《追忆鲁迅先生"北平五讲"前后》(一九五六)，于伶《鲁迅"北平五讲"及其他》(一九七七)，木将《忆鲁迅先生的"北平五讲"》(一九六一)，严薇青《回忆在北大二院听鲁迅讲演》(一九七六)，几位当年听讲者的回忆，早已有所谓"北平五讲"的称谓，且据说还与所谓"上海三嘘"并提，"北平五讲"之后，上海曾盛传先生有"上海三嘘"之作，但并没有作。据鲁迅先生自己说："那时是在一个饭店里，大家闲谈，谈到有几个人的文章，我确曾说：这些都只要一嘘了之，不值得反驳。"这些讲稿，前两篇收入《集外集拾遗》，是鲁迅过目和修改的定稿，后三篇讲稿均没有保留下来，但阅读记录稿原文、当时的媒体报道以及鲁迅的书信、日记，可以了解其大意。

鲁迅一九三四年《致杨霁云》说："在北平共讲五次，手头存有记录者只有二篇，都记得很不确，不能用，今姑寄上一阅。"并且说，"帮闲文学实在是一种紧要的研究，那时烦忙，原想回上海再记一遍的，不料回沪后也一直没有做，现在是情随事迁，做的意思都不起来了，所以那《五讲三嘘集》也许将永远不过一个名目"。[1]

"北平五讲"到底讲些什么？第一讲在北大，谈的是"帮闲文学实在就是帮忙文学"，山林文学也差不多等于廊庙文学，因为身在山林，心存魏阙。现在的文学，比从前更为巧妙，所谓"为艺术而艺术"，实质上是帮忙加帮闲。既然"这种帮忙和帮闲的情形是长久的"，那么"只要能比较的不帮忙不帮闲就好"[2]。七八十年过去，这

---

[1]《鲁迅书信集》下卷，人民文学出版社1976年版，第692页。
[2]《鲁迅全集》第7卷，人民文学出版社1963年版，第623页。

真是使人感慨的。

第二讲在辅仁大学，感想之一是"日人太认真，而中国人却太不认真"，"中国的事情往往是招牌一挂就算成功了"。感想之二是"我们的眼光不可不放大，但不可放的太大"，"我希望一般人不要只注意在近身的问题，或地球以外的问题，社会上实际问题也是要注意些才好"[1]。对于文学的现状，也有这样的两种感想。

第三讲在女子文理学院，是一些"毛丫头"，"盖无一相识者"。题目是《革命文学与遵命文学》——"我国自北伐以来，革命文学，风行一时。后因畏南京之压迫，乃改入遵命文学之径途。统治阶级所不欲闻者，不说。而'为艺术而艺术'之牌子遂复为一班遵命文学家所利用矣。"[2]一九三二年十一月二十五日《世界日报》有比较详细的"讲词大意"，鲁迅认为"离实际太远"，"我决计不要它"。"这两个题目，确是紧要，我还想改作一遍。"

第四讲在北师大，应文艺研究社邀请，曹未风自述作为学生代表之一，曾经去白塔寺鲁迅的住所相邀。地点因听众太多而临时改在该校教理学院风雨操场，观众二千馀，讲题是《再论第三种人》。当时的报道说："不大会儿人头铺满了大操场，任何狂风吹吧，我们在这儿站定！黑黝黝一片如雷布云，可惜离讲台远的人们无论如何也听不见他老先生讲的是什么，他们却满足了，因为他见了这位老当益壮的战士了——一个憔悴褴褛的糟老头儿。"而对于演讲的内容，该记者说："从前的陈独秀，如今也骂农工是土匪了。他们和他们以前的敌人，是一样要灭亡的。""文学的出路，我们只有接近新的主人——工农，不然只有灭亡。"[3]

另一位报道者记录下来的鲁迅的话："新兴艺术的前途，无论如

---

[1]《鲁迅全集》第7卷，人民文学出版社1963年版，第627页。
[2] 北平通讯：《鲁迅到北平》，原载南宁《民国日报》副刊，1932年12月20日。
[3] 王君：《鲁迅讲演记》，《世界画报》第364期，1932年12月4日。

何，时代必然趋势，什么方法也阻碍不住的。""讲到知识的存在与否，虽然好像为己，他的事业既然同群众结合，那么，他的存在，也就不是单为自己了。"[1]

第五讲在中国大学，题目是《文艺与武力》，按照当时南宁《国民日报》副刊《北平通讯》的报道："言论与文学，自中国上古以至今日，自世界以至中国，均屈服于统治阶级，故吾人争取言论自由，与努力革命文学，实为文人目前之急务。现代新文学，正如一小孩，尚在襁褓中，吾人须扶养其成人也。"[2]

鲁迅的这些想法和主张，实际上代表了那个时代左翼文化力量的共同立场，尽管左翼内部在口号和主张上一直存在大的分歧，他们对于许多问题的看法还是一致的。不过那一时期的左翼，并不能简单地等于共产党。

张志扬说："鲁迅历来只关注具体的人：先是寄希望于'超人'，不得；后来寄希望于'青年'，不得；最后寄希望于'无产者阶级'——晚年恐怕已经深恶痛绝'四条汉子'式的'无产者阶级'了吧，于是去做'故事新编'，应了'过客'的自况。说鲁迅有了'归宿'，恐怕是假。"[3]

九、士为知己者死

一九三五年二月二十五日，瞿秋白在福建上杭县濯田区水口乡小经村被捕，就在这同一日，鲁迅在上海的寓所里开始翻译果戈理的长篇小说《死魂灵》。他从沃多·培克的德文译本转译，至十月十七日译迄，前后近八个月，十一月由上海文化生活出版社出版。在译书

---

[1]《鲁迅昨在师大讲演》，《世界日报》1932年11月28日。

[2] 北平通讯：《鲁迅在北平》，原载南宁《民国日报》副刊，1932年12月20日。

[3] 墨哲兰：《中国现代性思潮中的"存在"漂移？》，载萌萌主编：《"古今之争"背后的"诸神之争"》，上海三联书店2006年版。

的过程中，得到瞿秋白被捕的消息，收到他化名寄来的信，设法找铺保营救，后来得到他的死讯。鲁迅曾认为瞿秋白是翻译《死魂灵》的最佳人选。我们不知道鲁迅是否意识到自己来日无多，但这却是他一生中完成的最后的两项大事之一，另一件是编辑和出版瞿秋白的译作《海上述林》，上下两册，近八十万字，拿到日本印刷，从版式到校对鲁迅一人任之，精益求精，印了五百部。下册尚未拿到样书，鲁迅溘然长逝。今天的读者，阅读果戈理，一般会借助于满涛译自俄文的《死魂灵》。四卷本的《瞿秋白文集》出版于一九五四年，三十年之后，十四卷本的《瞿秋白文集》问世。

出生于十九世纪之初的果戈理只活了四十三岁，被称为"俄国散文之父"，陀思妥耶夫斯基曾说，"我们都是从果戈理的外套里钻出来的"。在《摩罗诗力说》中，鲁迅说他"以不可见之泪痕悲色，振其邦人"。鲁迅在自己写小说之前就喜爱果戈理，三十年过去了，对于这位俄国的大师"几乎无事的悲剧"仍不能忘怀："这些极平常的、或者简直近于没有事情的悲剧，正如无声的言语一样，非由诗人画出它的形象来，是很不容易觉察的。然而人们灭亡于英雄的特别的悲剧者少，消磨于极平常的或者简直近于没有事情的悲剧者却多。"[1]

"果戈理的运命所限，就在讽刺他本身所属的一流人物，所以他描写没落人物，依然栩栩如生，一到创造他之所谓好人，就没有生气。"在这一点上，鲁迅与果戈理不同，从大禹、墨子，到眉间尺、宴之敖者、魏连殳，鲁迅式的英雄，赫然在目，令阅读的人掩卷遐思，怦然神往。

"果戈理却第一个看到了人们看不见的但却最可怕的永恒的恶不在悲剧中，而在整个无悲剧中；不在力量中，而在无力中；不在极端的无理性中，而在过于理智的中庸中；不在尖锐与深度中，而在迟钝与平面中。整个人类感情与思想的鄙俗，不在最大中，而在最小

---

[1]《鲁迅全集》第6卷，人民文学出版社1956年版，第293页。

中。"[1]这正是鲁迅心仪果戈理的根源。

阅读果戈理的时候，忍不住猜想，假如鲁迅多活几年，会写一部《死魂灵》式的长篇小说，刻画中国社会当中"几乎无事"的悲剧。翻译每每是鲁迅引出自己创作的触媒，可以证之以《域外小说集》之于《呐喊》，证之以《苦闷之象征》之于《野草》。以鲁迅对于中国社会的深透了解，以鲁迅的才智和画家的本领，我们难道不可以期待一部比《围城》分量更重的长篇小说的诞生吗？鲁迅一向身体不好，患有严重的肺疾，生命停止在五十六岁。传闻死于日本军医之毒杀，不得其详。

据冯雪峰回忆，鲁迅晚年曾经谈起高尔基的长篇小说《克里姆·萨姆金的一生》。冯雪峰在一九三七年十月所写《鲁迅先生计划而未完成的著作》一文中披露，鲁迅的早逝，除了使他已有腹稿的两篇短文（关于"母爱"，关于"穷"）无法问世外，还有两部长篇小说和一部中国文学史。这两部长篇，一部写唐朝李隆基和杨贵妃，一部写四代知识分子命运变迁。

常常会忍不住去想象文学史上那些几乎就诞生出来的伟大作品，由于作者才情并茂，使我们深信它一定是杰作，但由于死亡，也由于身不由己以及种种的政治动荡，这些伟大的作品没有显现，它们永远不会在书架上占据一个空间，但却不妨碍在想象中阅读它们。除了鲁迅的文学史和长篇小说外，还有钱锺书的另一部长篇小说《百合心》，赵树理约八十万字的长篇小说《户》，吴兴华写柳宗元的长篇历史小说《他死在柳州》。

提起未完成之作，最使人揪心的还是瞿秋白。他在狱中所写《多余的话》，实际只是他计划撰写的"三部曲"中的第一部。第二部和第三部不仅有题目，亦且还有详细的小标题，他自己命名为《未成稿目录》，第二部《读者言》题下，有十个小标题；第三部《痕迹》题

---

[1] 梅列日科夫斯基：《果戈理与鬼》，耿海英译，华夏出版社2013年版，第4页。

下有三十个小标题（标号共三十一，但原抄件无第十七）。前者是一部文学评论集，后者则是较为详细的个人自传或者回忆录，除了小标题外，还以地名等为线索，将个人生活历程明显地区分为十一个段落。一九三五年六月四日他在狱中向采访的《国闻周报》记者出示写好的《多馀的话》原稿（黑布面英文练习本，钢笔蓝墨水书写，原稿至今下落不明）时说："打算再写两本，补充我想讲的话，共凑成三部曲，不过有没有时间让我写，那就不知道了。"[1]《多馀的话》的研究，未见有人从三部曲的角度去阐释这一文本。

鲁迅长瞿秋白十八岁，几乎是两代人。他们相互激赏，使我们知道这世界上，诚挚的情谊不是一句空话。鲁迅对于这位知己的怜爱与疼惜，最附深衷，恰似宴之敖者之于眉间尺，他们两位都清楚自己的孤独处境，因为每个人与自己周围的人决然不同，所以注定了无路可走。鲁迅在工头主义的皮鞭下埋头苦干的时候，瞿秋白却拖着病体等待敌人的搜寻。他曾经领导的组织，在他最需要他们的时候抛弃了他。谁无私谁被排斥和吃掉，章太炎如此，鲁迅如此，瞿秋白亦如此。鲁迅和瞿秋白的相继离世，这个黑暗的世界，更加黑暗了。

---

[1]　周永祥：《瞿秋白年谱新编》，学林出版社1992年版，第393页。

鲁迅与章太炎

一九三六年，是鲁迅在世的最后一年，他亲历了两位重要人物的离世，他的老师章太炎和苏联文学家高尔基。如今近八十年过去，以我们今天的目光看，对于一九三六年来说，一位象征文化中国的过去，另一位则意味着政治中国的未来。虽然鲁迅已时日无多，现实又迷雾重重，在历史似乎无从抉择的关头，鲁迅一如既往地显示了他之为鲁迅的人格——他的智慧和勇气。

一

章太炎一九三六年六月十四日因鼻衄病和胆囊炎于苏州病逝，享年六十八岁。临终前留下遗嘱："设有异族入主中夏，世世子孙毋食其官禄。"他早岁发起光复运动，晚年不坠民族气节，可谓首尾一致，善始善终。国民政府拨款三千元治丧，并下达"国葬命"，称"宿儒章炳麟，性行耿介，学问淹通，早岁以文字提倡民族革命，身遭幽系，义无曲挠。嗣后抗拒帝制，奔走拥法，备尝艰险，弥著弥坚。居恒研精经术，抉奥钩玄，究其诣极，有逾往哲，所至以讲学为重。兹闻溘逝，轸惜实深，应即依照国葬法，特予国葬。生平事迹存备宣付史馆，用示国家崇礼耆宿之至意"[1]。

---

[1] 转引自章念驰：《我的祖父章太炎》，上海人民出版社2011年版，第61页。

弟子钱玄同挽章太炎长联，上联言其道德和事功，下联述其文章与著述，皆追溯其源流："缵苍水、宁人、太冲、姜斋之遗绪而革命，蛮夷戎狄矢志攘除，遭名捕七回，拘幽三载，卒能驱逐客帝，光复中华，国土云亡，是诚宜勒石纪勋，铸铜立像；萃庄生、荀卿、子长、叔重之道术于一身，文史儒玄殚心研究，凡著书甘种、讲学卅年，期欲拥护民彝，发扬族性，昊天不吊，痛从此微言遽绝，大义无闻。"[1]

章太炎的所谓"国葬"，实行起来异常坎坷，身后之命运不得不与国运牵连。先是因日寇入侵而灵柩暂厝于家邸花园内，八年抗战胜利后，接着是内战，直至一九五五年方迁葬于杭州南屏山北麓张苍水墓东南，实现其遗愿，距去世已近二十年矣。不意十年后"文革"中，被掘墓暴尸，墓地辟为菜园，又十五年后才寻回遗骨，恢复陵墓于旧址。

杭州西湖畔，章太炎墓之外，一九八八年又添了章太炎纪念馆。先生墓碑题有五字"章太炎之墓"，篆隶结合，乃其亲手所书，时间在一九一五年，被袁世凯禁锢之时。他曾以必死的勇气相争，不意袁世凯的意外死亡使他获释，这是他一生中第二次被幽囚。第一次是在上海，所谓"苏报案"，坐了三年西牢。章太炎《癸卯狱中自记》（一九〇三年）有言："上天以国粹付余，自炳麟之初生，迄于今兹，三十有六岁。凤鸟不至，河不出图，惟余亦不任宅其位，繄素王素臣之迹是践，岂直抱残守阙而已，又将官其财物，恢明而光大之！怀未得遂，累于仇国，惟金火相革欤？则犹有继述者。至于支那闳硕壮美之学，而遂斩其统绪，国故民纪，绝于余手，是则余之罪也！"[2]该文刊于《国粹学报》乙巳（一九〇五）年第八号。邹容殁于狱中，太炎幸免。此后，太炎先生以三十一年时间讲学著文，

［1］　转引自姜义华：《章太炎评传》，百花洲文艺出版社1995年版，第351页。
［2］　姜玢编：《革故鼎新的哲理：章太炎文选》，上海远东出版社1996年版，第112页。

弘扬国粹，可谓偿其所愿矣。他曾以秦汉之际的伏生自比。相传高寿的伏生曾任秦的博士，秦始皇焚书时藏《尚书》于壁，至汉惠帝时，传授《尚书》于齐鲁间，今文《尚书》故又称伏生本。对于文献保存，尤其是学术传统的薪火相传，伏生的贡献是不可少的。西学东渐，新文化运动兴起，"新学之徒以一切旧籍为不足观"，章太炎一生的讲学和著述是"伏生式"的，与除旧布新者不同，他自觉地选择了以继往开来为己任。

作为清代古文经学的殿军，他独立开始的"整理国故"的工作，比下一代人的大张旗鼓早了近二十年。他自述"不好与儒先立异，亦不欲为苟同"，"虽兼综故籍，得诸精思者多"。以他一九一〇年出版的《国故论衡》为例，在今天看来，是一部关涉中国语言文学和哲学思想的概论性著作，重点在"国故"，当时的论者却更看重其"论衡"。钱穆认为章太炎"对中国以往二千年学术思想，文化传统，一以批评为务"，"太炎此书即是一种新文化运动，惟与此下新文化运动之一意西化有不同而已"[1]。

鲁迅与其说是胡适、陈独秀等人发动的那个新文化运动的产物，不如说是章太炎个人所发动的新文化运动所结出的硕果。木山英雄认为，是章太炎的"文学复古"运动，熏陶和涵育了"文学革命"的两位健将——鲁迅和周作人。

一九〇三年二十二岁的鲁迅考取官费留学日本。去国之前，他参加过绍兴县的乡试，进过南京矿路学堂，读过一些中国的书，尤其是文学的书，但于中国传统无论小学还是经学，皆没有下过功夫。想了解中国复杂而深奥的人文，缺少这两点是很困难的，所以，在东京与章太炎的相遇和拜师求学，于鲁迅而言显得特别重要。章太炎长鲁迅十二岁，是经学、小学造诣精深的浙派大家俞樾的入室弟子，不仅是饱学之士，还深具独异之才。伟大的教师和伟大的学生一旦相遇，总

---

[1] 钱穆：《中国学术思想史论丛》卷八，安徽教育出版社2004年版，第341页。

会显现令后世享用不尽的文化成果，从这个意义上，鲁迅和章太炎是幸运的，从这个意义上，近世中国至今再也没有出现过这种情况。

木山英雄说："如果说章氏的小学由黄侃和钱玄同等嫡传弟子所继承，东方哲学的构筑则触发了熊十力、梁漱溟的儒道佛三教间各种会通的尝试的话，那么，他在《民报》时期独特的思想斗争最全面的继承者，则非鲁迅莫属了。"[1]他认为《破恶声论》，直接是模仿《四惑论》而写。《文化偏至论》的核心主张——"外之既不后于世界之思潮，内之仍弗失固有之血脉，取今复古，别立新宗"，在木山英雄看来，得自于鲁迅这"敏感而高傲的灵魂"与尼采对末人的批判之共鸣，以及与章太炎在西潮之前自存自主信念的共鸣——"正是这两大奇观的自觉形态"。

周作人说，听太炎先生讲学，"对于鲁迅却有很大的影响。鲁迅对于国学本来是有根柢的，他爱《楚辞》和温李的诗、六朝的文，现在加上文字学的知识，从根本上认识了汉文，使他眼界大开，其用处与发现了外国文学相似"。尼采与章太炎，以鲁迅特有的修养，足以使其初一落笔便独步文坛。

"对于中国旧文艺，鲁迅也自有其特殊的造诣。他在这方面功夫很深，不过有一个特点，便是他决不跟着正宗派去跑，他不佩服唐朝的韩文公，尤其是反对宋朝的朱文公，这是值得注意的事。诗歌方面他所喜爱的，楚辞之外是陶诗，唐朝有李长吉、温飞卿和李义山，李杜元白他也不菲薄，只是并不是他所尊重的。文章则陶渊明之前有嵇康，有些地方志如《洛阳伽蓝记》与《水经注》，文章也写得极好，一般六朝文他也喜欢，这可以一册简要的《六朝文絜》作为代表。鲁迅在一个时期很看些佛经，这在了解思想之外，重要还是在看它的文章，因为六朝译本的佛经实在即是六朝文，一样值得看。这读佛经的结果，如上文所说，取得'神灭论'的思想，此外他又捐资翻刻了两

---

[1] 木山英雄：《文学复古与文学革命》，赵京华编译，北京大学出版社2004年版，第237页。

卷的《百喻经》，因为这可以算得是六朝人所写的一部小说。"[1]

清末于六朝文的推重，始于王闿运。他曾辑《八代文粹》，以截断众流，使辞章之道，应于经义，归之淳雅。章太炎亦推崇有加："魏晋之文，大体皆埤于汉，读持论仿佛晚周；气体虽异，要其守己有度，伐人有序；和理在中，孚尹旁达，可以为百世师矣。"[2]《六朝文絜》的编者许梿亦有"习稍稍久，恍然于三唐奥窔，未有不胎息六朝者"之语。鲁迅在六朝文中浸淫既久，又得章太炎点拨，自然走上了师心使气的魏晋道路。

曹聚仁《我与鲁迅》一文中说："章师推崇魏晋文章，低视唐宋古文。季刚自以为得章师真传。我对鲁迅说：'季刚的骈散文，只能算是形似魏晋文；你们兄弟俩的散文才算是得魏晋的神理。'他笑着说，'我知道你并非故意捧我们的场的。'后来，这段话传到苏州去，太炎师听到了，也颇为赞许。"[3]

二

一九一五年被袁世凯囚禁的章太炎，其时正在撰著《菿汉微言》，曾给去看望他的鲁迅写过一幅字，《庄子·天运》中的二十四字："变化齐一，不主故常；在谷满谷，在阬满阬；涂郤守神，以物为量。"上款为"书赠豫材"，下款为"章炳麟"。

此为庄子外篇《天运》中黄帝与北门成论乐之句。林云铭的解释是，"变化，声之迭易也。齐一，声之互动也。不主故常，言声之迭易互动处，莫测其端也。'在谷满谷，在阬满阬；涂郤守神，以物为量。'此言乐之盈满，无所不周也。郤，隙同。涂，塞也。言塞于人

---

[1] 周作人：《鲁迅的青年时代》，北京十月文艺出版社2013年版，第50页。
[2] 章太炎撰，庞俊、郭诚永疏证：《国故论衡疏证》，中华书局2008年版，第402页。
[3] 绍衡编：《曹聚仁文选》下集，中国广播电视出版社1995年版，第410页。

之耳目，而守于人之神明。以物为量，因物之大小随其所受也。满谷满阮，就地言；涂郤守神，就人言；以物为量，就物言"。这段话的原文是：

> 吾又奏之以阴阳之和，烛之以日月之明。[1]其声能短能长，能柔能刚；变化齐一，不主故常；在谷满谷，在阮满阮；涂郤守神，以物为量。其声挥绰，其名高明。是故鬼神守其幽，日月星辰行其纪。吾止之于有穷，留之于无止。予欲虑之而不能知也，望之而不能见也，逐之而不能及也。傥然立于四虚之道，倚于槁梧而吟。目知穷乎所欲见，力屈乎所欲逐，吾既不及已夫。[2]

林云铭《庄子因》对于此篇的释义，也许有助于理解这段文字：

> 道者，自然之用也。行之于有名有迹之外，而求之于无名无迹之先，斯得之矣。顾道之原出自天地，而备于帝王者也。乃天地之化人，莫不知其然，而究莫测其所以然，则六极五常，固有神其用于无穷者。帝王之治成德备，盖以此也。是故道之不渝，至人所以无亲也；道之可载，天乐之所以无声也。则名与迹无足为道也，审矣！然行道者，每欲寝卧于已陈之刍狗；求道者，每欲久处于先王之蘧庐。岂知有无方之传，可以应物而不穷；采真之游，可以循变而无滞也邪？惟能与化为人者，因以化人，则纯

---

[1] 鲁迅一九三五年七月一日所写的文章《名人和名言》结尾说："我很自歉这回时时涉及了太炎先生。但'智者千虑，必有一失'这大约也无伤于先生的'日月之明'的。"鲁迅这里的"日月之明"，显然是《庄子·天运》里上面这一句的暗引。一九五七年十卷本《鲁迅全集》的注释，却将这一句注为"语出《庄子·逍遥游》：'日月出矣，而爝火不息，其于光也，不亦难乎？'"，显然不当。一九八一年的十六卷本《鲁迅全集》在此处删除了这一注释，这样处理也不恰当。正确的做法应该是，将这一句的注释改为"语出《庄子·天运》：'吾又奏之以阴阳之和，烛之以日月之明'。"

[2] 郭庆藩辑：《庄子集释》第2册，中华书局1960年版，第504页。

乎自然之用，道之得也无难矣。篇中言心乎道者，贵有神而明之之用，非按图索骥者可几。一意盘旋卷舒甚幻，此在《外篇》为有数之文。[1]

庄学向称玄学，因其难于了解之故。韩非非之为"恍惚之言，恬淡之学，天下之惑术"。但难解绝非不可解，私人授受，本为传道解惑，口耳之间，心领神会，何须多言。先生书赠弟子以言，他自然相信于此二十四字所含之微言大义，受赠者自然是晓得的。本文以为，此微言大义，质而言之，一要体道，二要应变。不泥于行迹，才可以言化己化人。鲁迅早年受业于章太炎，一生事之以师，对于乃师所传之道，想必始终莫逆于心。

二十四字的前后各有两句——"其声能短能长，能柔能刚"，"其声挥绰，其名高明"。夫"声"之为物也，终其一生在鲁迅的著述中占有极端重要的位置，我们不妨循其声而问其道。

"《河南》五论"中的《摩罗诗力说》主张到异域诗人之中寻求"声之最雄杰伟美者"："诗人为之语，则握拨一弹，心弦立应，其声澈于灵府，令有情皆举其首，如睹晓日，益为之美伟强力高尚发扬，而污浊之平和，以之将破。"[2] 而在文章的结尾，对于先觉之声的打破萧条，仍在无望地期待着："然夫，少年处萧条之中，即不诚闻其好音，亦当得先觉之诠解；而先觉之声，乃又不来破中国之萧条也。然则吾人，其亦沈思而已夫，其亦惟沈思而已夫！"这里的"声"，乃拜伦、尼采之声，而非贝多芬、瓦格纳之声。北门成与黄帝所论之乐——《云门》《大卷》，我们自然无从得而闻之，庄子大约是听过的，否则何以言之凿凿。章太炎说："余秩乎民兽，辨乎部族，故以《云门》之乐听之，一切以种类为断。是以综覈人之形名，则是非昭乎天

---

[1] 林云铭撰，张京华点校：《庄子因》，华东师范大学出版社2011年版，第159页。
[2]《鲁迅全集》第1卷，人民文学出版社1958年版，第200页。

地。"[1]古人云，勿听之以耳，当听之以气，从古今一气的角度看，我们与黄帝之间并没有隔绝交通。天籁人声，皆是交通之媒。尤其是汉语汉字，从黄帝至今代代相传，虽屡有变异，但万变未离其宗。

《破恶声论》曰："吾未绝大冀于方来，则思聆知者之心声而相观其内曜。内曜者，破黑暗者也；心声者，离伪诈者也。人群有是，乃如雷霆发于孟春，而百卉为之萌动，曙色东作，深夜逝矣。"恶声之破，乃为心声之起准备条件，创造前提。

《域外小说集》序言中的"籀读其心声，以相度神思之所在"，寄希望以异国的心声，来打破中国的寂寞。

《越铎》出世辞："纾自由之言议，尽个人之天权，促共和之进行，尺政治之得失，发社会之蒙覆，振勇毅之精神。灌输真知，扬表方物，凡有知是，贡其颛愚，力小愿宏，企于改进。"[2]铎者，古代宣布政教法令或遇战事所使用之铃，越人之铎声响起，难道没有听到吗？

鲁迅的许多重要文辞，皆循声立意，第一部小说集名之《呐喊》，后来一九二七年在香港的讲演，名之《无声的中国》和《老调子已经唱完》，晚年仍有所谓"北平五讲"和"上海三嘘"。能发出声响，确是活人的标记，哪怕是微弱的声响，也胜过死气沉沉。

鲁迅的意思，他自己说得明白："大胆地说话，勇敢地进行，忘掉了一切利害，推开了古人，将自己的真心的话发表出来。……只有真的声音，才能感动中国的人和世界的人；必须有了真的声音，才能和世界的人同在世界上生活。"[3]

鲁迅于白话文的看重，首先倒不在为了"文学的国语"或者"国语的文学"，而在白话文能传达出活着的人的真实的声音。《呐喊·自

---

［1］《章太炎全集》第3卷，上海人民出版社1984年版，第24页。
［2］《鲁迅全集》第8卷，人民文学出版社1981年版，第40页。
［3］《鲁迅全集》第4卷，人民文学出版社1957年版，第14页。

序》的文字，虽然颇为曲折，但就传达作者心声而言，也许比真的"大嚷"更能惊醒世人："在我自己，本以为现在是已经并非一个切迫而不能已于言的人了，但或者也还未能忘怀于当日自己的寂寞的悲哀罢，所以有时候仍不免呐喊几声，聊以慰藉那在寂寞里奔驰的猛士，使他不惮于前驱。"[1]

在《狂人日记》刊发于《新青年》之时，章太炎的《菿汉微言》在北京出版了铅印本，初版一百六十七则，以佛教唯识学的眼光，批评《周易》《论语》《孟子》《老子》《庄子》等，皆论学之言，多独得之秘，发前人所未发，"深造语极多"（梁启超语），作者自己也承认"阐于微而未显诸用，核于学而未敦乎仁"。此书后来扩充为《菿汉三言》，多次出版，至今仍较少被人征引，即使章氏本人的著述中，亦属曲高和寡之列。不过章太炎向来认为"学者在辨名实，知情伪；虽致用不足尚，虽无用不足卑"。

章太炎说："世乱则文辞盛，学术衰；世治则学说盛，文辞衰。"这话与古人说的"国家不幸诗家幸"有相通之处，体道方式的变迁，也许真的随着社会秩序而消长起伏，"五四运动"前后，正当乱世，鲁迅的白话小说《狂人日记》成为一时之选，"礼教吃人"与戴震的"以理杀人"近似，算不得创见，但采用了新小说的形式，成为中国现代第一部白话小说，遂弄到全社会尽人皆知，成为影响深远的事件。《菿汉三言》的微言大义，本为启发个别人的极深研几和困知勉行，灯火阑珊正是它的自然处境。

梁启超一直以为说部影响世道人心之深且巨，一九〇二年在日本横滨创刊了《新小说》杂志，明确提出"小说界革命"。他在《小说与群治之关系》中："欲新一国之民，不可不先新一国之小说。故欲新道德必新小说，欲新宗教必新小说，欲新政治必新小说，欲新风俗必新小说，欲新学艺必新小说，乃至欲新人心，欲新人格，必新小

---

[1]《鲁迅全集》第1卷，人民文学出版社1957年版，第8页。

说。何以故？小说有不可思议之力支配人道故。"

他的《新小说》出了二十四期，在文坛上产生了大的影响，但真正现代意义上的"新小说"在十几年后才能诞生。鲁迅那时已在日本，除了听章太炎的文字学课，就是学习德语，在东京的旧书摊上搜罗欧洲的小说。"《河南》五论"发表，《域外小说集》也出版了，然而少有人阅读，没有什么反响，留学日本八年之后归国，又过了近十年刊发了《狂人日记》。从梁启超提倡新小说，到《狂人日记》发表于《新青年》，时间过去了十六年。这些时间里，中国的各类小说产量巨大，作者众多，却没有一部能拥有《狂人日记》的位置。章太炎说："文求其工，则代不数人，人不数篇，大非易事，但求入史，斯可矣。若梁启超辈，有一字入史耶？"话说得刻薄，却是正理。

鲁迅终于开始了他三十年的写作生涯。世乱则文辞盛学术衰，世道似乎越来越乱，直乱到国家将亡的地步，鲁迅变换着他的百馀笔名，躲在租界里，在报纸和杂志上发表自己的"文辞"，印行自己的文集，这是一种什么样的寂寞的盛况呢？与国土相比，一个人的"文辞"或许微不足道，但沦亡的国土终有光复的希望，文辞一旦佚失，却再也找不回来了，鲁迅想留下些什么。

三

一九三六年十月《关于太炎先生二三事》中鲁迅说："回忆三十馀年之前，木板的《訄书》已经出版了，我读不断，当然也看不懂，恐怕那时的青年，这样的多得很。"[1]

说读不断、看不懂是鲁迅的谦虚，我们阅读鲁迅那一时期自己发表的文章——"《河南》五论"，可以看出受《訄书》影响明显，有些

---

[1]《鲁迅全集》第6卷，人民文学出版社1958年版，第442页。

是得自于《訄书》的信念，甚至伴随鲁迅终身。比如《訄书》初刻本《独圣》有云："天地之间，非爱恶相攻，则不能集事。"又云："屈申者，晦明之道也。屈甚而晦，申甚而明。古者不言神，亦不言电，而统之以申。非战斗无申，非申无明，万物之自鼓舞者然也。"[1]鲁迅之所以生命不息、战斗不止，不正出于他抱有"爱恶相攻""非申无明"的信念吗？

"夫灵，何眩谲奇觚之有？以其隐哀。人偶万物，而视以己之发肤。发肤有触，夫谁不感觉？是故其痂养则知之，其怖怒哀喜则知之，其微声如蚨如蟋蟀则知之，其积算至不可布筹则知之。灵者，不以战斗申，非无战斗也，犹一身而有断爪与揃撷也。"《管子·内业》云："灵气在心，一来一逝，其细无内，其大无外。"灵感者，以灵感之也，人若有灵，感之与身感何异？文学须身感灵感并用，方显其微声而彰其隐哀。

《原变》云："物苟有志，强力以与天地竞，此古今万物之所以变。变至于人，遂止不变乎？人之相竞，以器。"鲁迅的所谓进化论思想，大家皆知其来源于严译《天演论》，无人知其来源于《訄书·原变》。

《訄书》初刻本中《明独》《播种》两篇，对于鲁迅的思想所产生的影响，亦有迹可循。其"大独必群，群必以独成"的主张，以及"吾求其群而不可得也久矣"的感喟，与那一时期的鲁迅，多有契合处。《明独》结尾的悲观情绪，也一定感染了"《河南》五论"的作者：

> 于是慭然而流汗曰："于斯时也，是天地闭、贤人隐之世也。"虽然，目睹其支体骨肉之裂而不忍，去之而不可，则惟强力忍垢以图之。

---

[1]《章太炎全集》第3卷，上海人民出版社1984年版，第102页。

余，越之贱氓也，生又羸弱，无骥骜之气，焦明之志，犹懵悷忉怛，悲世之不淑，耻不逮重华，而哀非吾徒者。窃闵夫志士之合而莫之为缀游也，其任侠者又吁群而失其人也，知不独行不足以树大旅。虽然，吾又求独而不可得也。于斯时也，是天地闭、贤人隐之世也。吾不能为狂接舆之行唫，吾不能为逢子庆之戴盆，吾流污于后世，必矣！[1]

《破恶声论》的开首是这样："本根剥丧，神气旁皇，华国将自槁于子孙之攻伐，而举天下无违言，寂漠为政，天地闭矣。狂蛊中于人心，妄行者日昌炽，进毒操刀，若惟恐宗邦之不蚤崩裂，而举天下无违言，寂漠为政，天地闭矣。"[2]不难看出，这里的"天地闭"的判断与说法直接源于上引之《訄书·明独》：

章炳麟叙然而长息曰：乌乎！大波将激，大火将烂，而弗灌者，其人情乎哉？彼老子有言："抗兵相加，哀者胜矣。"非独兵也，庶事莫不然。雪霜既降，枝叶既解，而根亥不枯于下，惟哀是赖。
……
其病虽异征，皆中于不弘毅，成于不哀。[3]

"《河南》五论"与《訄书》之间的联系，早已有研究者道出，汪荣祖认为"鲁迅早年所写的文章，如《文化偏至论》，简直就是太炎思想的翻版"[4]。

《訄书》初刻本，是章太炎一生所著书的第一部，一九〇〇年一月初步编定。正文五十篇，由祝秉纲转请毛上珍刊印出版，扉页由梁

[1]《章太炎全集》第3卷，上海人民出版社1984年版，第55页。
[2]《鲁迅全集》第8卷，人民文学出版社1981年版，第23页。
[3]《章太炎全集》第3卷，上海人民出版社1984年版，第55—56页。
[4] 汪荣祖：《章太炎散论》，中华书局2008年版，第90页。

启超题名。书首有识语代序云："幼慕独行，壮丁患难。吾行却曲，废不中权。述鞠迫言，庶自完于？皇汉辛丑后二百三十八年十二月章炳麟识。"[1]述的意思是聚合，鞠的含义是困苦，迫所指是急迫，困苦危机交汇之下的迫不及待之言也。

一九〇四年在东京由翔鸾社出版了由邹容题识的《訄书》重订本，文章增至六十三篇，有附录四文。一般读者咸苦无从分其句读，后来出过圈点本，在一九〇四年到一九〇六年间，圈点本曾多次重印。胡适的留美同学任鸿隽回忆当年读到太炎此书时说："虽然艰深难懂，但在一个暑假中我也把它点读一过。从此对于太炎先生的思想文笔我是五体投地地佩服的。"[2]

一九一四年章太炎对《訄书》做了第三次增删，更名为《检论》，保留《訄书》原有之四十六篇，新增十六篇，并将正文分列九卷。《检论》编成后未出过单行本，而是收入《章氏丛书》。

鲁迅于《訄书》初刻本、重订本和《检论》及《章氏丛书》是熟悉的。他生前所写最后一文《因太炎先生而想起的二三事》，谈起当年剪辫子时，还引了章太炎所写《解辫发》中的文字，从容地告诉读者，这文字在《訄书》初刻本和排印再版本中都有，但到了编订《检论》时却被删掉了。还提到了一些《章氏丛书》里刊落的论战性文字，一再地表示出自己的十分珍惜。或许鲁迅的记忆有误，《解辫发》见于《訄书》重订本，目录中排在正文之末，题曰《解辫发第六十三》，《訄书》初刻本中未见此文[3]，《检论》未收入是确切的。不过鲁迅文中所言"太炎先生去发时，作《解辫发》"，当是确切的。章

---

[1]《章太炎全集》第3卷，上海人民出版社1984年版，第6页。

[2] 任鸿隽：《记章太炎先生》，载上海《文史资料选辑》第8辑。

[3]《訄书》初刻本一九〇〇年夏秋之交印后不久，作者对它进行校订，太炎手校本今存上海图书馆，上面有他亲笔拟定的目录，《原学》列第一，《解辫发》列第五十七，而原刊本以《尊荀》列第一，共五十篇。这说明《解辫发》是当时所写，未选入《訄书》初刻本，而非一九〇四年在日本编辑《訄书》重订本时增写。

太炎的剪辫发，时在一九〇〇年七月，地点在上海，当时唐才常召集中国议会，推容闳、严复为正副会长，与会的章氏反对以勤王为目标，剪去辫发，以示与清廷及保皇主义决裂。鲁迅此文写于一九三六年十月十七日，去世的前两日，想必当时手边放着《訄书》重订本，故引用《解辫发》的那段话，抄录下来，一字不误，并没有去核对《訄书》初刻本的目录。

鲁迅在《坟·题记》中提到自己写《摩罗诗力说》等文时说："又喜欢做怪句子和写古字，这是受了当时的《民报》的影响。"[1]

章太炎一九〇六年六月从上海出狱后即东渡日本，此后两年多主编《民报》。鲁迅回忆道："我爱看这《民报》，但并非为了先生的文笔古奥，索解为难，或说佛法，谈'俱分进化论'，是为了他和主张保皇的梁启超斗争，和××的×××斗争，和'以《红楼梦》为成佛之要道'的×××斗争，真是所向披靡，令人神旺。"[2]

据《鲁迅全集》注释，××的×××当为"献策"的"吴稚晖"，后面的×××，即"蓝公武"是也。

一九〇六年至一九〇八年，章太炎发表在自己主编的《民报》上的重要文章，除了鲁迅提及的《俱分进化论》外，尚有《言说录》《无神论》《革命之道德》《建立宗教论》《箴新党论》《人无我论》《军人贵贱论》《社会通诠商兑》《讨满洲檄》《中华民国解》《五无论》《定复仇之是非》《国家论》《排满平议》《驳神我宪政说》《驳中国用万国新语说》《哀陆军学生》《革命军约法问答》《四惑论》《代议然否论》《规新世纪》等，这些文章和鲁迅一九〇七年到一九〇八年发表的《河南》五论之间，存在诸多思想和观念上的联系。

章太炎在《民报》第八号上刊发长文《革命之道德》，是脍炙人口的一篇："今之道德，大率从于职业而变。都计其业，则有十六种

[1]《鲁迅全集》第1卷，人民文学出版社1956年版，第153页。

[2]《鲁迅全集》第6卷，人民文学出版社1958年版，第443页。

人：一曰农人，二曰工人，三曰稗贩，四曰坐贾，五曰学究，六曰艺士，七曰通人，八曰行伍，九曰胥徒，十曰幕客，十一曰职商，十二曰京朝官，十三曰方面官，十四曰军官，十五曰差除官，十六曰雇译人。其职业凡十六等，其道德之第次亦十六等。"在他看来，农人道德最高，工人次之，"以此十六职业者第次道德，则自艺士下，率在道德之域，而通人以上，则多不道德者"。"通人者，所通多种，若朴学，若理学，若文学，若外学，亦时有兼二者。朴学之士多贪，理学之士多诈，文学之士多淫，至外学则并包而有之。所恃既坚，足以动人，亦各因其时尚，以取富贵。古之鸿文大儒邈焉，不可得矣。""使通人而具道德，提行之责，舍通人则谁与？然以成事验之，通人率多无行。"鲁迅所不喜欢的"正人君子"之流，那些学者教授文人，正是乃师道德序列中排名靠后者。

章太炎又说："道德者，不必甚深言之，但使确固坚厉，重然诺，轻死生则可矣。"[1]他一生讲学，从小学、经学、文学、史学直至佛学，却未尝专门讲过道德，因道德乃是践履之学，而非讨论之学。这意思定然包含在他的各种专门的学问的传授之中了。

鲁迅为人有古风，事母以孝，忠信待友，侠肝义胆。他不好名，身上没有半点拜势或伪饰的痕迹，他是青年堪为楷模的师长。窝藏瞿秋白这样的要犯，须临危不惧，且有士为知己者死的勇气，即使日常琐事，他亦兼具慷慨温厚的热忱与纯良真挚的情感，周作人回忆鲁迅道："他肯替人改稿抄稿，编排校对，寻找并描画图案，不怕辛苦，这已是难得了，本不是业务工作，也无名利关系，却要这样费心，只是为的对于著者与读者怀着好意，愿意给他们尽力，著者有的是朋友或后辈，有的是外国的古人，至于读者则全是不相识的人了。"[2]

---

[1] 《章太炎全集·太炎文录初编》，上海人民出版社2014年版，第289页。
[2] 钟叔河编：《周作人文类编》第10卷，湖南文艺出版社1998年版，第212页。

四

鲁迅在回忆文章中说，太炎先生"后来却退居于宁静的学者，用自己所手造的和别人所帮造的墙，和时代隔绝了"。

真的隔绝了吗？"九一八事变"后，章太炎与熊希龄、马相伯组织中华民国国难救济会，呼吁国民党各派系停止内斗，共同抗击日本侵略。日本扶植的伪满洲国建立，更激起这位排满革命家的怒火，发表宣言痛斥日本，说明东三省历来是中国领土。不仅公开批评政府抵抗不力，勇于私战，怯于公斗，还会见张学良、吴佩孚、冯玉祥等人，积极筹划抗战。一九三三年四月张继受命劝告太炎安心讲学，勿议时事，被他骂回，反劝其勿"效厉王之监谤"。

章太炎的骂人是有名的，对吴稚晖这样的人，不过逞口舌一时之快，兼以炫耀博学多能。有分量的是光绪二十九年（一九〇三）公开发表的《驳康有为论革命书》，骂光绪皇帝"载湉小丑，未辨菽麦"。此篇雄文洋洋洒洒，自嵇康《与山巨源绝交书》之后，中国大概还没有再出现过如此文字痛快而警辟，被时人传诵最广的却是那八个字。菽者，豆也。豆与麦，相差较大，易于辨别，菽麦不辨等于五谷不分。《左传·成十八年》曰："周子有兄而无慧，不能辨菽麦，故不可立。"[1]章太炎乃饱学之士，骂人也喜用典故。此语虽然风雅刻薄，被骂的人却是时在任上的皇帝。载湉是光绪帝小名，皇帝的名字数千年来是首须避讳的，为避此庙讳，刻书翻印古书均须使用代字，清代兴文字狱，二百多年下来，屠戮无数，人人自危。有名的触犯官讳案是雍正朝的查嗣庭，担任江西省的正考官，所出《易经》题"正大而天地之情可知矣"与《诗经》题"百室盈止，妇子宁止"，前用"正"字，后用"止"字，前后联系，与汪景祺"正有一止之象"及年号有"正"皆非吉兆，命令抄其寓所，又在日记中，摘取议论时政之语，指为"悖乱

---

[1] 杨伯峻编注：《春秋左传注》（二），中华书局1990年版，第907页。

荒唐"，对圣祖"大肆讪谤"。查嗣庭病死狱中，子坐死，家属流放。[1]
章太炎于文字狱之酷毒当然清楚，此八字出，即刻引起清府恐慌。他
被租界逮捕后，清廷一再要求引渡，解至南京，处以极刑，美国政府
曾经策划"移交中国官府惩办"，以期换取更多特权，英国政府为保
持其长江流域势力范围的优势，维护上海租界的独特地位而坚决反
对，最后定在公共租界审讯，上海县令代表清政府作原告，定罪的焦
点，最后落在了皇帝的名字该不该叫，所谓触犯圣讳，在法庭上反复
讨论，各执一词，章太炎辩说："'小丑'两字，本作类字，或作小孩
子解，并不毁谤。至今上圣讳，以西律不避，故而直书。我实不明回
避之理。"又道，"我只知清帝乃满人，不知所谓圣讳"。并"供不认野
蛮政府"。这样的法庭辩论，在报纸上登载得沸沸扬扬，将这"穷凶极
恶"的八字，迅速遍传了天下，而后又草草判处三年监禁，让清政府
威风扫地，也使皇室颜面丢尽。

　　章太炎在《狱中与吴君遂张伯纯书》中说："既往听诉，则闻南
洋法律官带同翻译，宣说曰'中国政府到案'。曰'中国政府控告章
炳麟大逆不道，煽惑乱党，谋为不轨'。乃各举书报所载以为证：贼
满人、逆胡、伪清等语，一一宣读不讳。噫嘻！彼自称为中国政府，
以中国政府控告罪人，不在他国法院，而在己所管辖最小之新衙门，
真是千古笑柄。"[2]

　　换句话说，清朝不是武昌起义推翻的，或可是被章太炎骂倒的，
也许也并不过分。专制皇权之维系，有赖于帝王在臣民中神圣不可侵
犯的地位和威严，光环褪尽，便剩下一个摇摇欲坠的龙椅了。"风吹
枷锁满城香，街市争看员外郎"，一介布衣指骂皇帝，狱中绝食抗议，
写文章读佛经发表诗作制造事端吸引公众的注意，这实在是变相地宣

---

[1]　世传试题为"维民所止"，"维""止"二字，在笔画上等于"雍正"二字去其字首，以
　　此罹祸，并非事实。但此说流传广，就其昭显满清文字狱的捕风捉影、无中生有手段
　　之荒唐恐怖而言，胜过事实。
[2]　转引自汤志钧：《章太炎年谱长编》上册，中华书局1979年版，第173页。

布清朝已经名存实亡了。"载湉小丑，未辨菽麦"此八字影响之大，大约孙中山、黄克强的起义亦无法企及。

章太炎好骂人的脾气一生未改。鲁迅说："考其生平，以大勋章作扇坠，临总统府之门，大诟袁世凯的包藏祸心者，并世并无第二人；七被追捕，三入牢狱，而革命之志，终不曲挠者，并世亦无第二人：这才是先哲的精神，后生的模范。"[1]

骂孙中山、袁世凯，骂蒋介石、吴稚晖，除了骂人之外，还喜与人写文章论战辩驳，且辩驳的对手亦赫然可观，康有为、梁启超、严复等，皆为一时之俊彦。鲁迅也喜欢论战，打笔墨官司，且同样擅长骂人，与乃师相比差得远了，不是骂的技巧有辱师门，而是受骂者流每况愈下，从章士钊到陈西滢、梁实秋、杜衡、成仿吾、施蛰存、徐懋庸等，直至今日他们还能被人提起，多半因挨过鲁迅的骂使之然。骂人确是件见功力和眼光的事情，有收攻城略地之效，章太炎对光绪，可称得上千古绝骂。二十五年后，叶德辉因骂湖南当地农会而掉了脑袋，对他个人来讲，这实在是一个悲剧，堂堂皇帝虽然骂得，区区农会却未必骂得。

在回忆章太炎的文章中，鲁迅极为罕见地表达了自己对"中华民国"的感情："我的爱护中华民国，焦唇敝舌，恐其衰微，大半正为了使我们得有剪辫的自由，假使当初为了保存古迹，留辫不剪，我大约是决不会这样爱它的。"[2]

鲁迅在此前另文忆章太炎中，专门提到了这"中华民国"的来历："惟我们的'中华民国'之称，尚系发源于先生的《中华民国解》，为巨大的纪念而已，然而知道这一重公案者，恐怕也已经不多了。"[3]

一九〇七年七月五日《中华民国解》一文，发表在《民报》第

---

［1］《鲁迅全集》第6卷，人民文学出版社1958年版，第444页。
［2］同上，第450页。
［3］同上，第444页。

十五号上，后收入《太炎文录初编》，时在辛亥革命的四年之前。一个国家政权的诞生，实际上不始于它实际宣布之日，而始于此一政权创立者的创意产生之时。因此许多政权诞生的标志，是一些重要文献的公布。章太炎作为反满复国最大的鼓吹者，又是学力深厚的国粹宣传家，中华民国的理念，诞生在他的这篇文章里。中华人民共和国作为政权形式而言，诞生于一九四九年十月一日，举行开国大典的一刻，实际上它诞生在毛泽东一九四〇年所发表的《新民主主义论》一文中，胡绳持这样的看法。一个向来被人忽视的事实是，中华民国建立在前，国民党的成立远在其后，因为它后来窃取了中华民国之权柄，实行一党专制，给人的印象似乎是提及中华民国，即是国民党的中华民国，这是错误的。章太炎曾激烈批评孙中山的"三民主义"，称其为"媚外主义，党治主义，民不聊生主义"。过去的历史教科书，多以国民党的正统立场，批评章太炎分裂同盟会、攻击孙中山，在革命进程中起了坏的作用，这是在曲解历史。鲁迅目睹了民国建立之始终，及后来民国的被窃取，他所表达的于民国的"爱护"，只能是章太炎的那个"中国民国"，而不是蒋介石的那个"中华民国"。

中华民国成立之初，实际上是一个各派的联合政府，袁世凯殁后，黎元洪以副总统的身份继任总统，加之其武昌起义的首功，他可以算是中华民国最"正统"且最合乎"法统"的总统了。一九二八年黎元洪殁，章太炎公开发表挽联"继大明太祖而兴，玉步未更，佞寇岂能干正统；与五色国旗俱尽，鼎湖一去，谯周从此是元勋。中华民国遗民章炳麟哀挽"，说得非常明确，此一人之亡，中华民国"与之俱尽"。"今之拔去五色旗，宣言以党治国者，皆背叛民国之贼也。""袁世凯个人要做皇帝，他们是一个党要做皇帝，这就是叛国。叛国者，国民应起而讨伐之。"为这些激烈的"章疯子"式的言论，国民党上海市党务指导委员会要求按照惩戒反革命条例对章太炎加以通缉。

除了批评"党治主义"外，章太炎还始终对苏联怀有戒心。一九一二年章太炎曾被袁世凯任命为东三省筹边使，在长春旧道署衙门设筹边使署，对于沙俄侵吞我东北领土，向来留心。俄国人一直处心积虑在中国寻找机会，与日本的侵略政策不同，不知从什么时候起，它似乎想通过介入政党内部假手控制中国。章太炎的"反共"，实际是对于俄国势力入侵的担忧。中国共产党从成立起，受到共产国际即苏联人的控制，陈独秀因不买账以创始人而被开除出共产党。苏联人的全面控制，以王明时代达到顶峰，甚至持续至延安时期，一九四三年共产国际正式解散之后，苏联仍不放弃对于中国共产党指手画脚。一九二四年在广州国民党的建立，后黄埔军校的建立，是苏联插手中国事务的结果。苏联在国共两党之间，脚踩两只船，直至其后两党决战之时，斯大林还劝毛泽东与国民党隔江而治，企图制造一南一北两个中国。新中国成立后，租借旅顺港建设苏联的海军基地，被毛泽东拒绝。

　　一九二六年一月，章太炎发表对时局的意见，认为国内之问题，打倒赤化较之护法倒段更为紧迫。四月他在上海组织反赤救国大联合，自任理事。八月十三日通电全国，反对蒋介石组织北伐。国共合作，联合北伐，背后是苏联背景。所以章太炎的"反共"，不同于蒋介石的"反共"，他"反共"的同时也反蒋，他真正反对的其实是一党专制，因为这与他共和的理念背道而驰。如果说孙中山是党国之父的话，章太炎算得上是共和之父了。

　　章太炎对于自己的葬地，选择在杭州西湖，刘伯温墓、张苍水墓之近旁。刘乃明朝的开国功臣，张系明末抗击满清的英雄。大明王朝二百多年的历史，难道在民国的这二十几年里，迅速走到尽头了吗？日寇咄咄逼人的进攻势态，一九三六年确实如箭在弦上。章太炎一向是有匡时之志的，却无可奈何于时局。或许一九二七年所作《生日自述》诗，可以表达他彼时的心境：

蹉跎今六十，斯世谁为徒。学佛无乾慧，储书不愈愚。握中
馀玉虎，楼上对香炉。见说兴亡事，拿舟望五湖。[1]

五

章太炎一九〇三年所写《驳康有为论革命书》和一九〇六年《东京留学生欢迎会演说录》给鲁迅印象特别深刻，两篇鸿文的确非同一般。前者可说是《与山巨源绝交书》后《广陵散》的二次奏响，后篇则是百年前费希特《对德意志民族的演讲》（一八〇七）之中国版。

《东京留学生欢迎会演说录》一文时在一九〇六年七月十五日，东京留学生开会欢迎，《民报》当时的报章上说："是日至者两千人，时方雨，款门者众，不得遽入，咸植立雨中，无惰容。"章太炎《自订年谱》说："余抵东京，同志迎于锦辉馆。来观者七千人，或著屋檐上。"许寿裳说："此言说录，洋洋洒洒长六千言，是一篇最警辟有价值之救国文字，全文曾登《民报》第六号，而《太炎文录》中未见收入。"[2]

开宗明义，章太炎要讲的是"兄弟平生的历史，与近日办事的方法"。前者说的是"排满复汉的心肠"，至于办事的方法，"第一要在感情"，"而要成就这感情，有两件事是最要的：第一，是用宗教发起信心，增进国民的道德；第二，是用国粹激动种性，增进爱国的热肠"。鲁迅生前的最后一文，原封不动提到了这两句话。

鲁迅说："民国元年革命后，先生的所志已达，该可以大有作为了，然而还是不得志。……而先生则排满之志虽伸，但视为最紧要的'第一是用宗教发起信心，增进国民的道德；第二是用国粹激动种性，增进爱国的热肠'（见《民报》第六本），却仅止于高妙的幻想；不久

---

[1] 汤志钧编：《章太炎政论选集》下册，中华书局1977年版，第820页。
[2] 汤志钧：《章太炎年谱长编》上册，中华书局1979年版，第213页。

而袁世凯又攘夺国柄，以遂私图，就更使先生失却实地，仅垂空文，至于今。"[1]

据本文所见，章文六千言中最重要者，是一句"要把那细针密缕的思想，装载在神经病里"。所谓"神经病"，就是目标离实际过远，在普通人看去，绝无可能，相信的人当然是神经病无疑。鲁迅说得客气，"高妙的幻想"，这当然指目标而言，方法却不得了，"细针密缕的思想"，岂是轻易可得的，那要靠深通小学的功夫和融合古今的大学问。

二十世纪国人的大问题，或许是目标与方法的脱节。教育最关键的大约也是方法的传授，要学得那"细针密缕的思想"，断不能一蹴而就。从北京到东京，从上海到苏州，几十年里章太炎反复讲学，孜孜不倦，至死方休，从者虽众，有心得者又有几人呢？

章太炎在演讲的结尾说："总之，要把我的神经病质，传染诸君，更传染与四万万人。"传染目标也许容易，传染方法却难。举国皆狂，不是我们至今还没有遗忘的经历吗？而那"细针密缕的思想"到哪里去追寻，令人徒增悲叹！

章太炎在那演讲中说："古来有大学问成大事业的，必得有神经病才能做到。"人在年轻的时候，感染容易，治愈率却高。因为世间有两种治疗神经病的特效药，一种叫"富贵利禄"，是"补剂"；一种曰"艰难困苦"，是"毒剂"，两剂药都用上却还百治不愈者，才是真神经病，方足以言大学问大事业。

韩非子论人论世，采取君主本位主义。驾驭臣下，统治万民，只以赏罚二字应之。因为在他看来，"民固服于势，寡能怀于义"，所以"有道之主，远仁义，去智能，服之以法"。至于像许由、卞随、务光、伯夷、叔齐那样的人，毕竟是少数，"上见利不喜，下临难不恐，或与之天下而不取，有萃辱之名，则不乐食谷之利"，就是章太炎所

---

[1]《鲁迅全集》第6卷，人民文学出版社1958年版，第444页。

说的真神经病，"虽厚赏无以劝之，虽严刑无以威之"，"此之谓不令之民"，不令之民，是无法臣于君的，站在君主本位的立场上，只有一个字——诛。明代朱棣对方孝孺诛灭九族，欲使天下读书种子断绝，人人尽纳于赏罚之中，这样天下就真的太平了。中国文化的命脉，却悬之于"真神经病"的极少数人一线不绝的传承之上。

韩非子在先秦诸子中，可谓独具"细针密缕的思想"，可惜他的五十五篇雄文专注于君人南面之术，这位未曾一日触及权柄的韩国公子，竟然集帝王学之大成。假如没有超过常人的"细针密缕的思想"，断然做不成大事，历代开国之君，皆有此天赋。刘邦、李世民、朱元璋，概莫能外。然君权与民权不两立，故一代雄主，皆民之祸端也。君君臣臣，父父子子，是现实的铁的政治秩序，玄虚恍惚的所谓天道人道，势必以君道臣道出之，赏罚应之。人的谱系，由此只能到忠臣孝子节妇烈女之外追寻，到"不令之民"那里昭显其隐哀、彰明其事迹，即陶渊明之所谓羲皇上人，葛天氏之流。

君臣之间，韩非子说"上下一日百战，下匿其私，以试其上；上操度量，以割其下"。"上明见，人备之。其不明见，人惑之。其智见，人饰之。其不智见，人匿之。其无欲见，人伺之。其有欲见，人饵之。""知臣主之异利者王，以为同者劫，与共事者杀"，"明主治吏不治民"。

…………

章太炎在一九一〇年初版的《国故论衡》中云："今无慈惠廉爱，则民为虎狼也；无文学，则士为牛马也。有虎狼之民、牛马之士，国虽治，政虽理，其民不人。世之有人也，固先于国。且建国以为人乎，将人者为国之虚名役也？韩非有见于国，无见于人；有见于群，无见于孑。政之弊，以众暴寡，诛岩穴之士。法之弊，以愚割智。"[1]

章太炎对韩非的批评，惊人地预见了五十年之后"文革"的种种

---

[1] 陈平原编校：《中国现代学术经典·章太炎卷》，河北教育出版社1996年版，第109页。

乱象，以及所谓儒法之间的路线斗争，但他大概无论如何也想不到，自己在一九七〇年代被列入法家的行列，他的《秦献记》和《秦政记》被详加注解后编入《历代法家文选》（北京图书馆编，文物出版社一九七五年版）。

世人论及章太炎，到底是"有学问的革命家"，还是"有革命业绩的学问家"，颇有争议。鲁迅看起来是坚决主张前者的，本文并不想在这个问题上有一个判断，倒是愿意在鲁迅的文字中寻找其"细针密缕的思想"、"真神经病"的境界与"不令之民"的谱系。在本文看来，这些异端的思想，集中体现于他的"有见于人"，或称人本主义，远胜过国家主义的思路，在鲁迅那里，这种新思想的重要来源之一就是章太炎。

曹聚仁说："太炎对鲁迅在思想上与学问上的影响是一时的，在气质上的影响才是始终一贯的。""用一句老话说，两人都是'狂且狷'；用现代的话说，两人都能特立独行。"[1]

阅读《鲁迅日记》每见其称钱为泉，几十年如一日，初以为不过称琉璃厂为留黎厂，谐其音称其事之属也。后读章太炎《金母裘太夫人八十寿序》，似有所悟。其中有云："越之教本乎句践，而范蠡为之师。蠡苦身戮力，候时转物，三致赀累巨万，而三散之。""盖智者之于货殖也，始从事，患其不勤也。既勤矣，患其不蓄也。既蓄矣，患其不散也。是故古者之于货币命之曰泉，言其如泉之流，而无或雍闭潆底以害其性。"[2]不能肯定鲁迅读过此文，但太炎既以"越之教"称其理，身为越人的鲁迅，当不难了解这一越人传统。他在日记中屡以泉代钱，与其一生不以积蓄为意，以及太炎本人的唯讲学是任而不以治生为事，皆本于此范蠡之越教，不亦明乎？这不正是《文化偏至论》里所提倡的"掊物质而张灵明"吗？

---

[1] 汪荣祖：《章太炎散论》，中华书局2008年版，第90页。
[2] 《章太炎全集·太炎文录续编》，上海人民出版社2014年版，第184页。

六

鲁迅在《因太炎先生而想起的二三事》中说："先生力排清虏，而服膺于几个清儒，殆将希纵古贤，故不欲以此等文字自秽其著述——但由我看来，其实是吃亏，上当的，此种醇风，正使物能遁形，遗患千古。"[1]

这段文字，与前次所写《关于太炎先生二三事》结尾的那段意思相仿："战斗的文章，乃是先生一生最大，最久的业绩，假使未备，我以为是应该一一辑录，校印，使先生和后生相印，活在战斗者的心中的。然而此时此际，恐怕也未必能如所愿罢，呜呼！"鲁迅对于章太炎，并不是事事都赞成，他也从来没有公开反对过。

一九三三年鲁迅致曹聚仁信："古之师道，实在也太尊，我对此颇有反感。我以为师如荒谬，不妨叛之，但师如非罪而遭冤，却不可乘机下石，以图快敌人之意而自救。太炎先生曾教我小学，后来因为我主张白话，不敢再去见他了，后来他主张投壶，心窃非之，但当国民党要没收他的几间破屋，我实在不能向当局作媚笑。以后如相见，仍当执礼甚恭，自以为师弟之道，如此已可矣。"[2]

投壶之言，鲁迅指的是一九二六年八月，章太炎应孙传芳及江苏省长陈陶遗之邀，到南京就任修订礼制会会长，行雅歌投壶礼。旋通电全国，反对蒋介石北伐。

鲁迅一九三四年在《趋时与复古》一文中说："广东举人多得很，为什么康有为独独那么有名呢，因为他是公车上书的头儿，戊戌政变的主角，趋时；留英学生也不稀罕，严复的姓名还没有消失，就在他先前认真的译过好几部鬼子书，趋时；清末，治朴学的不止太炎先生一个人，而他的声名，远在孙诒让之上者，其实是为了他提倡种族革

---

[1]《鲁迅全集》第6卷，人民文学出版社1957年版，第452页。
[2]《鲁迅全集》第12卷，人民文学出版社1981年版，第185页。

命，趋时，而且还'造反'。后来'时'也'趋'了过来，他们就成为活的纯正的先贤。但是，晦气也夹屁股跟到，康有为永定为复辟的祖师，袁皇帝要严复劝进，孙传芳大帅也来请太炎先生投壶了。原是拉车前进的好身手，腿肚大，臂膊也粗，这回还是请他拉，拉还是拉，然而是拉车屁股向后，这里只好用古文，'呜呼哀哉，尚飨'了。"[1]

与鲁迅不同，周作人曾在一九二六年八月发表公开批评章太炎的文章《谢本师》（八月二十一日，《语丝》第九十四期），"真是授过业，启发过我的思想，可以称作我的师者，实在只有先生一人"。在这点上，二周是一致的。

周作人批评章太炎的核心是"太轻学问而重经济，自己以为政治是其专长，学问文艺只是失意时的消遣"，并且指出其根源"是出于中国谬见之遗传"。"'讨赤'军兴，先生又猛烈地作起政治的活动来了。""先生现在似乎已将四十余年来所主张的光复大义抛诸脑后了。我相信我的师不当这样，这样也就不是我的师。先生昔日曾作《谢本师》一文，对于俞曲园先生表示脱离，不意我现今亦不得不谢先生，殊非始料所及。此后先生有何言论，本已与我无复相关，惟本临别赠言之义，敢进忠告，以尽寸心：先生老矣，来日无多，愿善自爱惜令名。"[2]

文章虽然公开表态，但实际上师徒并没有真的断交。一九三二年章太炎北游，周作人在北平执弟子之礼相待。三十多年以后，周作人在《知堂回想录》中于《谢本师》一文似有歉意："他谈政治的成绩最是不好，本来没有真正的政见，所以容易受人家的包围和利用，在民国十六年以浙绅资格与徐伯荪的兄弟联名推荐省长，当时我在《革命党之妻》这篇小文里稍为加以不敬，后来又看见论大局的电报，主张北方交给张振威，南方交给吴孚威，我就写了《谢本师》那篇东西，

[1]《鲁迅全集》第5卷，人民文学出版社1957年版，第434页。
[2] 钟叔河编：《周作人文类编》第10卷，湖南文艺出版社1998年版，第380页。

在《语丝》上发表，不免有点大不敬了。但在那文章中，不说振威孚威，却借了曾文正李文忠字样来责备他，与实在情形是不相符合的。"[1]

一九三六年四月章太炎去世之后，周作人曾有一文追悼，名曰《记太炎先生学梵文事》，写于一九三六年十二月二十日，刊在一九三七年一月三十日《越风》第二卷第一期，后收入《秉烛谈》，此时鲁迅已经离世，他明显读过鲁迅的《关于太炎先生二三事》，文章的结尾，有意与鲁迅唱了反调："太炎先生以朴学大师兼治佛法，又以依自不依他为标准，故推重法相与禅宗，而净土秘密二宗独所不取，此即与普通信徒大异，宜其与杨仁山言格格不相入。且先生不但承认佛教出于婆罗门正宗，又欲翻读《吠檀多奥义书》，中年以后发心学习梵天语，不辞以外道为师，此种博大精进的精神，实在为凡人所不能及，足为后学之模范者也。"

二十多年之后，他在《知堂回想录》中不仅引用了自己的这个结尾，还恐怕意思不够十分明白，又在引语之前，增写了更为详尽的意见："梵文他终于没有学成，但他在这里显示出来，同样的使人佩服的热诚与决心，以及近于滑稽的老实与执意。他学梵文并不专会得读佛教书，乃是来读吠檀多派，而且末了去求救于正统护法的杨仁山，结果只得来一场申饬。这往来信札，见于杨仁山的《等不等观杂录》卷八，时间大概在乙酉（一九〇九）夏天，《太炎文录》中不收，所以是颇有价值的。我的结论是太炎讲学是儒佛兼收，佛里边也兼收婆罗门，这种精神最为可贵。"

他对鲁迅说章太炎"猝然成为儒宗"的话，看来也不大同意。章太炎不仅"儒佛兼收"，在儒门当中，也以高扬荀子而成为新儒学的异端，正如在佛门中兼收婆罗门而受到正统派杨仁山的"申饬"，章太炎的儒学，绝不同于宋明理学家、心学家的儒学。从另一个意义上说，儒学也不会被程朱陆王所垄断。周作人自己亦是儒佛兼治，他的

---

[1]　周作人：《知堂回想录》下卷，安徽教育出版社2008年版，第380页。

80　　超乎左右之上的鲁迅

《五十自寿诗》有"半是儒家半释家，光头更不著袈裟"之语。章太炎曾说："没有独到精微的学者，就没有增进的常识；没有极好的著作，就没有像样的教科书。"周作人自评"粗通国文，略具常识"，这常识二字，与章太炎所言"增进的常识"大有关联。

《知堂回想录》里还有一段文字《民报社听讲》，也是关于章太炎的，回忆在东京时章太炎为他们八人讲《说文解字》。鲁迅在回忆这段往事时说："前去听讲也在这时候，但又并非因为他是学者，却为了他是有学问的革命家，所以直到现在，先生的音容笑貌，还在目前，而所讲的《说文解字》，却一句也不记得了。"

周作人大概读了鲁迅这段话，有意地举出《说文解字》里自己还记得的一句，乃是仲尼之"尼"字，从后近之，昵的本字。查《章太炎说文解字授课笔记》第三百五十五页，有此字的记录，与周作人所言相合，真实无误。这一字下有朱希祖和钱玄同的笔记，而没有周树人的笔记，很可能鲁迅逃课了。除举一字为例外，周作人还详细告诉读者当时的太炎先生是什么样的音容笑貌："太炎对于阔人要发脾气，可是对青年学生却是很好，随便谈笑，同家人朋友一般。夏天盘膝坐在席上，光着膀子，只穿一件长背心，留着一点泥鳅胡须，笑嘻嘻的讲书，庄谐杂出，看去好像是一尊庙里哈喇菩萨。"[1]

周作人在知识上比鲁迅更为西化，精通英文与古希腊文，西学强调分科，职业知识分子当保持"自由之思想""独立之精神""依自不依他"。章太炎在日本虽然也借助于日文翻译，读了许多欧洲哲学家的著作，他的著述能遍引柏拉图、康德之类，但与弟子周作人比起来，西学修养上到底欠缺了许多。周作人的饱学与博识，加之他的长寿，勤于著述翻译，孜孜不倦，在融合古今、会通中西上，应该说既超过鲁迅，也超过了章太炎。

周作人也请章太炎写过一幅字，时间是在一九三二年的春天，章

---

[1] 周作人：《知堂回想录》上卷，安徽教育出版社2008年版，第150页。

太炎北游至京，停留数月，内容却是陶渊明的《饮酒》诗之十八："子云性嗜酒，家贫无由得。时赖好事人，载醪祛所惑。觞来为之尽，是咨无不塞。有时不肯言，岂不在伐国。仁者用其心，何尝失显默。"

黄文焕《陶诗析义》卷三："以子云问奇事作引起，忽及柳下惠不肯言伐国，章法甚幻，结以不失显默，自道生平脚跟。"陶澍注《靖节先生集》卷三："载醪不卻，聊混迹于子云；伐国不对，实希风于柳下。盖子云《剧秦美新》，正由未识不对伐国之义，必如柳下，方为仁者之用心，方为不失显默耳。此先生志节皎然，即寓于和光同尘之内，所以为道合中庸也。"[1]此时距周作人在《语丝》上发表《谢本师》已经六年过去了，弟子虽然"有点大不敬"，看来乃师并不介意。不过周作人挑选的这首陶诗，却与他在《谢本师》中表达的意思近似，仍是借陶渊明之意，劝老师"爱惜令名"，伐国之问不对，方不失显默。学生的用心可谓良苦。不过这时的章太炎已经告别了谈政治的阶段，回到讲学上来了。这样的话，等于是周作人借此诗向老师解释自己发表《谢本师》时的一片诚意与敬爱之心，并委婉致歉了。

周作人对章太炎一生的概括是"他最初以讲学讲革命，随后是谈政治，末了回到讲学"。对于"以讲学讲革命"的成绩，并无一句评价。

《因太炎先生想起的二三事》是鲁迅一生最后的文章。想起的什么事呢？其中的一事是鲁迅素不喜欢的吴稚晖，章太炎对于此人亦深恶痛绝，屡次骂之，提到这个共同讨厌的人，师徒俩在气质上的一致，很自然流露出来。另一件事乃是关于剪辫子，提起了章太炎的剪辫子，只说"也是当时一大事"，虽一笔带过，却详细引用了《解辫发》中的一段文字，最后谈到了自己："我的剪辫，却并非因为我是越人，越在古昔，'断发文身'，今特效之，以见先民仪矩，也毫不含有革命性，归根结蒂，只是为了不便：一不便于脱帽，二不便于体

---

[1] 龚斌：《陶渊明集校笺》，上海古籍出版社1996年版，第246页。

操，三盘在颅门上，令人很气闷。"为了身体活动便捷而剪辫，是最自然合理的，然而这自然合理却只能是革命的成果，若无革命，若无"中华民国"，多少自然合理的事情行不得的！文章的最后，忆起了黄克强，在辛亥革命众英雄中鲁迅和章太炎都喜欢的一个人，他二十年前去世，下葬时章太炎曾伏地痛哭，至不能起："而黄克强在东京作师范学生时，就始终没有断发，也未尝大叫革命，所略显其楚人的反抗的蛮性者，惟因日本学监，诫学生不可赤膊，他却偏光着上身，手挟洋磁脸盆，从浴室经过大院子，摇摇摆摆的走入自修室去而已。"[1]

革命与否，不在于剪辫，也不在于大叫，如吴稚晖那样，在东京"用无锡腔讲演排满"，而是鲁迅自己观察到的"略显"于黄克强身上的"楚人的反抗的蛮性"。

后来的历史表明，中国的命运，恰是由此"楚人的反抗的蛮性"而彻底地改变了。

七

章太炎另有一文，也许也格外重要，思想仍是《东京留学生欢迎会演说录》的延续，而有进一步的阐发，便是一九一〇年刊发在《教育今语杂志》第三期上的《论教育的根本要从自国自心发出来》。

章太炎的文章一向难懂，不仅用字繁难，语句古奥，且多是学术研究的心得，读者若要懂得需要自己也有一定的学术研究作基础，而不是凭空可以了然的。但这一回他放弃了深奥的学理阐释，以白话口语出之，所举的例子也是生活中的常识。

章太炎说："本国没有学说，自己没有心得，那种国，那种人，教育的方法，只得跟别人走。本国一向有学说，自己本来有心得，教育的路线自然不同。"

---

[1]《鲁迅全集》第6卷，人民文学出版社1957年版，第453页。

这文章的题目本身，就是一个明确的主张，"教育的根本要从自国自心发出来"，但浅显易懂的主张，并不见得能被时代风尚所接受，更不要说去实行了。这文章发表在二十世纪的第一个十年，西化的大潮正汹涌而起，那些对于自国的学术和自心没有体会的人，章太炎称之为偏心之人："怎么叫做偏心？只佩服别国的学说，对着本国的学说，不论精粗美恶，一概不采，这是第一种偏心。在本国学说里头，治了一项，其馀各项，都以为无足轻重，并且还要诋毁。这是第二种偏心。"

一九一九年初美国教育家和哲学家约翰·杜威来到中国，他是胡适之的老师。值新文化运动兴起，西潮之涌令天下倾动，杜威在中国住了两年，足迹遍及北京、上海、奉天、直隶、山西、山东、江苏、江西、湖北、湖南、浙江、福建、广东十三个省市。发表过无数次演讲，他的实用主义（Pragmatism，当时译作实验主义）哲学思想和平民主义教育观，一时广为人知。当时最有影响的报纸和期刊《民国日报》《时事新报》《申报》《晨报》《新青年》《新潮》《每周评论》《新教育》《民铎》，甚至保守派的《学衡》杂志，都作过长期而大量的报道，盛况空前，北京晨报社出版的《杜威五大讲演》仅杜威在华的两年里，再版十次，杜威的著作被译为中文出版超过十种。杜威的哲学思想体系，就他个人一生而言，那时还并不成熟。比如他的实用主义真理观，受到当时一些人士（如瞿秋白）的质疑。实际上章太炎在《论教育的根本要从自国自心发出来》一文中，早已明确区分过，他说："学说和致用的方术不同，致用的方术，有效就是好，无效就是不好；学说就不然，理论和事实合才算好，理论和事实不合就不好，不必问他有用没用。"

中国因杜威而掀起了席卷全国的教育改造运动。杜威本人是西方传统哲学的反叛者和新哲学的创立者，是第一个把传统形而上学知识对象的实体化改造成工具化的人，他始终没有放弃对于知识独立性的批判，西方的人文教育，自有其希腊罗马、文艺复兴、宗教改革、启蒙运动的社会发展历程和学术传统，这却是当时的人无法认清的。

中国今天的教育体系，从根本上说是那时建立起来的，而胡适所倡导的白话文运动与这一教育改造运动，有很大的关联。科学教育实际上是一种知识教育，本身并不包含道德教育，中国的人文教育之根本，无疑应当是本国的历史、文化、哲学和思想的教育，而我们那时匆忙建立起来的教育，似乎在有意地鼓励与自己的人文传统断裂。由于时代的缘故，与传统断裂似乎被认为是理所当然，这也是"五四"那一代精英的基本共识。他们认为废除了中国的传统，就可以快速地走进世界先进行列了。正如科举、皇权可以人为地加以废止，文化传统在他们看来亦同样如此。

章太炎个人的新文化运动，与"五四"新文化运动有根本的不同。

一九三三年"双十节"章太炎发表演说《民国光复》，开宗明义："所谓辛亥革命者，其主义有二：一、排斥满洲；二、改革政治。前者已达目的，后者至今未成。有功于光复之役者，今存在尚多，特众口纷纷，归功于谁，亦未能定也。当时之改革政治，亦只欲纲纪不乱，人民乐生耳，若夫以共和改帝制，却非始有之主义，乃事势之宜然也。"[1]

在他看来，"革命之成功原因有二：一、远因，排满思想潜伏已久；二、近因，当人鼓吹甚力。同盟会有倡始布置之功，而共进会有实行发难之功。……今日咸以实行之功归诸一二人，虚妄已甚，其去魏收史不远矣"。"今论政治之改革，政治至今只有纷乱而无改良，盖革命党人忠实者固多，而好勇疾贫行险侥幸者亦不少，其于政治往往隔膜。"

章太炎曾经建议黄克强"革命军起，革命党消"，原因是"党员步调不齐，人格堕落"，弄不好就导致党治主义。

一九三五年六月六日，章太炎曾作《答张季鸾问政书》，表达了

---

[1] 汤志钧编：《章太炎政论选集》下册，中华书局1977年版，第839页。

自己对于时局的看法，以及未来的政治走向："一、中国今后应永远保存之国粹，即是史书，以民族主义所托在是。二、为救亡计，应政府与人民各自任之，而皆以提倡民族主义之精神为要。三、中国文化本无宜舍弃者，但用之则有缓急耳。今日宜格外阐扬者，曰以儒兼侠。故鄙人近日独提倡《儒行》一篇。宜暂时搁置者，曰纯粹超人超国之学说。故鄙人今日于佛法亦谓不可独用。"[1]"起贱儒为志士，屏唇舌之论以归躬行"，这一点与鲁迅看法是很接近的，《故事新编》中，对于大禹、墨子的推崇，对于侠客精神的鼓吹，对于伪庄子式的"相对主义"的严厉批评，对于孔子知其不可而为之的积极肯定，皆是对这一时代需求的回应。

"若自人民言之，今日权不在民，固无救亡之道，惟民族主义，日日沦浃胸中，虽积之十百年，终有爆发之一日。宋亡民不能救也，逾七八十年而香军起；明亡民不能救也，逾二百七十年二民国兴。此岂揭竿斩木之为力哉！有民族主义在其胸中，故天下沛然相应也。"

他在文中回顾明亡之后，顾炎武、王夫之、吕留良等人的民族主义思想，怎样冲破了满清统治者一面大兴文字狱一面修《四库全书》而构筑的"无微不至"的"防制"网，而深入人心。孙中山的三民主义，在章太炎看来，只有"民族主义"差强人意，另外的两个主义——民主主义、民生主义，弄成了党治主义与民不聊生主义。

一九三五年六月十五、十六日《大公报》上章太炎发表文章《论读经有利而无弊》："读史之效，在发扬祖德，巩固国本。"

"余身预革命，深知民国肇造其最有力者，实历来潜藏人人胸中反清复明之思想也。盖自明社既屋，亭林、船山诸老倡导于前，晚邨、谢山诸公发愤于后，攘夷之说，绵绵不绝，或显或隐，或明或暗，或腾为口说，或著之简册，三百年来，深入人心，民族主义之牢固，几如泰山磐石之不可易，是以辛亥之役，振臂一呼，全国相应，

---

[1] 汤志钧编：《章太炎政论选集》下册，中华书局1977年版，第859页。

此非收效于内诸夏外夷狄之说而何？""治人之道，虽有取舍，而保持国性实为最要。"[1]

一九〇六年章太炎在东京主编《民报》的时候，周氏兄弟一边跟随他听讲《说文解字》，一边从事自己的文学写作和翻译，他们发表在《民报》上的唯一作品，乃是翻译的斯谛普虐克（Stepniak）的《一文钱》，后收入《域外小说集》。周作人回忆说："请太炎先生看过，改定好些地方。""豫才那时的思想，我想差不多可以民族主义包括之，如所介绍的文学亦以被压迫的民族为主，俄则取其反抗压制也。"[2]

近代以来提倡"民族主义"最有力者，莫过于章太炎。章太炎的民族主义贯彻一生，其早年提倡"大独"，中年提倡"菩萨行"，晚年提倡"儒行"。

鲁迅晚年两篇文章《关于太炎先生二三事》（一九三六年十月九日），《因太炎先生而想起的二三事》（一九三六年十月十七日），自觉地回归到"民族主义"的旗下，但鲁迅、章太炎与那些由于抗日形势的逼迫，而把民族主义当作手段利用的人，有根本的差别。章太炎的哲学根基，不立在宋学上，而立在佛学唯识宗的智慧上。两者似乎有相通之处，乃是宋明的道学家们援佛入儒，化用了很多佛理在其理论建构中，但到底气象不宏大，也不能彻底。

章太炎在《论教育的根本要从自国自心发出来》一文的结尾说：

"大凡讲学问施教育的，不可像卖古玩一样，一时许多客人来看，就贵到非常贵；一时没有客人来看，就贱到半文不值，自国的人，该讲自国的学问，施自国的教育，像水火柴米一个样儿，贵也是要用，贱也是要用，只问要用，不问外人贵贱的品评。后来水越治越清，火越治越明，柴越治越燥，米越治越熟，这样就是教育的成效了。"

---

［1］ 丘桑主编：《名师骑士：民国奇才奇文·章太炎卷》，东方出版社1998年版，第107页。
［2］ 钟叔河编：《周作人文类编》第10卷，湖南文艺出版社1998年版，第125页。

"要知道凡事不可弃己所长，也不可攘人之善。"[1]

章太炎对于自国的学问有研究，有心得，是治水火柴米的大师，他的儒兼侠应急方案，儒兼佛并治方针，甚至于儒和佛本身的理解，皆不同于前人。宋儒强调《大学》，列为"四书"之首，章太炎批评宋儒以极深研几为务，不以气节为尚，但他并没有采取简单的否定，他将孔子之后的儒家，划分为修己治人派和明心见性派，前者以荀子为本源，后者以孟子为皈依，各有所长，以佛家的阿赖耶识阐释孔子的"毋意毋必毋固毋我"，以佛释庄，将《逍遥游》《齐物论》之旨，归结为自由平等之谈，早已超出了整理国故的范围，可以说是学术上的创见，文化上的创新。他在返本开新和文化自觉上的贡献，至今未被学界充分认识。

鲁迅虽然也治中国学术，主要以文章命世，并不局限在中国文明的范围内寻找出路。早岁于摩罗诗人，晚年在高尔基身上，寄托着他于更新中国文化的热切愿望，于中国社会黑暗面的批判，指向其历史和文化上的根源，每有所见即给予揭露针砭，意在疗救，可谓用心良苦。师徒两人，前赴后继，一个着意弘扬"己之长"，一个着意引入"人之善"，继往开来，意在此乎？

---

[1] 姜玢编：《革故鼎新的哲理：章太炎文选》，上海远东出版社1996年版，第360页。

鲁迅与瞿秋白

一

一九二二年十一月五日至十二月五日，共产国际在莫斯科举行第四次代表大会，陈独秀代表成立不久的中国共产党与会，二十三岁的瞿秋白做他的翻译。陈独秀返回之时，邀请瞿秋白同行并回国工作，于是，这位记者身份的年轻人来到了北京。

一九二三年初，李大钊介绍从苏联回来的瞿秋白赴北京大学俄国文学系，教授"俄国文学史"，把持校务的教务长顾某不发聘书。北京政府外交部送来了聘书，月薪两百元，瞿秋白拒绝了。

一九二三年六月，杭州西湖，瞿秋白拜访了在烟霞洞疗养的胡适。他介绍瞿秋白去上海商务印书馆，谋一个编辑的位置，做些学问。过了些时，胡适收到了瞿秋白寄来的两本刊物，《新青年》季刊创刊号和《前锋》。这时的《新青年》已经变为中国共产党中央的机关刊物，瞿秋白任主编，同时主编中央的另一机关刊物《前锋》（原定月刊，实际只出了三期）。季刊《新青年》创刊号，被瞿秋白编成了"共产国际号"专刊。瞿秋白在给胡适的信里说，自己担任了刚成立的上海大学教务长兼社会学系主任，希望上大成为"南方的新文化运动的中心"。这个时候，中国文化界的左翼和右翼，还不那么阵线分明，政治上的国共合作，尚在酝酿之中，后来势如破竹的北伐及两党的迅速分裂对垒，无人能够预料。一九二四年一月孙中山主持的国民党"一大"在广州举行，瞿秋白被选为候补中央执行委员。会议结束后留在广州做鲍罗廷的翻译。

一九二三年对四十二岁的鲁迅而言，是一个比较特别的时期。查阅《鲁迅年谱》，可以清楚看到这一年中发生的事情。《呐喊》已经写完，《彷徨》还未动笔。《狂人日记》刊发在一九一八年陈独秀主编的《新青年》上，此后鲁迅为该杂志写了五十篇文章，包括短篇小说。瞿秋白主编的季刊《新青年》，刊名依旧，已非昔日可比。鲁迅的第一部小说集《呐喊》，在这一年的五月二十日，自付两百元印资，由新潮社出版，封面由鲁迅亲自设计。八月二十二日鲁迅拿到二十册样书。垫款至一九二四年一月《呐喊》售出后开始收回。除了在教育部任职外，那时鲁迅兼有北大、师大、女师的授课。三月二十五日黎明，奉教育部之派往孔庙执事，归途之中人力车夫因瞌睡跌倒，致使鲁迅从车内摔出，碰落两颗门牙。祸不单行，十一月二十五日因砸煤而自伤拇指。整个四月鲁迅忙于校阅《太平广记》，《中国小说史略》中的许多材料，从这部宋代编订的大型类书中来。七月十九日接到周作人的绝交信，鲁迅日记载："是夜始改在自室吃饭，自具一肴，此可记也。"八月二日，搬出八道湾十一号，迁居砖塔胡同六十一号，在这里住了九个月，九月起开始在女子高等师范学校国文学系讲授"中国小说史"，每周一小时，月薪十三元五角。许广平是这班上听讲最认真的学生，授课持续至一九二四年六月。接近年底的十二月二十六日，在女高师文艺会演讲《娜拉走后怎样》。

一九二四年《新青年》季刊第二期上，发表了署名陶畏巨的文章《荒漠里——一九二三年之中国文学》，注意到了《呐喊》的出版："好个荒凉的沙漠，无边无际的！鲁迅先生虽然独自'呐喊'着，只有空阔里的回音。"这是本文所见瞿秋白文章中第一次提及鲁迅。一九二四年夏天，瞿秋白经沈雁冰介绍，认识了鲁迅的三弟周建人，瞿秋白聘请周建人来上海大学教授达尔文的进化论，他在鲁迅搬出八道湾之前，只身到上海谋生去了。羽太信子嫌弃他挣钱太少。

一九二三年冬天，二十四岁的瞿秋白与上海大学的女学生王剑虹恋爱，"万郊怒绿斗寒潮，检点新泥筑旧巢。我是江南第一燕，为衔春色上云梢"，这是瞿秋白写给王剑虹的诗。王剑虹的同学丁玲为之传递信息。一九二四年一月，瞿秋白与王剑虹结婚。七月王剑虹病逝。十一月瞿秋白与杨之华结婚。他们的住所被租界巡捕房搜剿，从此转入地下活动。一九二五年在共产党的四大上当选为中央委员，同陈独秀、蔡和森、张国焘、彭述之组成五人中央局。

　　一九二五年六月四日，中国共产党中央机关第一个日报——《热血日报》创刊，瞿秋白为它写了《发刊词》，还以"热血沸腾了"五字的每一单字为笔名，给《热血日报》写了二十多篇短文。此前他领导了上海的"五卅运动"。

　　一九二七年在共产党的五大上，瞿秋白当选为政治局常委，主管宣传工作。一九二八年四月赴苏联做了两年驻共产国际中共代表，一九三〇年八月归国。一九三一年一月，被解除职务："当我退出政治局之后，虽然是因为'积劳成疾'病得动不得，然而我自己的心境就已经有了很大的变动。"[1]（《致郭沫若》）同年六月国民党发出密令，重金悬赏通缉瞿秋白、周恩来、陈绍禹、沈泽民、张闻天、罗登贤、秦邦宪七人，瞿、周每人两万元，其馀五人各一万元。

　　一九三一年六月，在冯雪峰安排下，瞿秋白住进了上海南市区紫霞路六十八号谢澹如家，化名林复，剃了头，穿着短裤和布鞋，杨之华也着农民装。他们在这里隐居了近两年。瞿秋白几乎不出门，在家翻译、著述，冯雪峰为他传递消息，沟通外界。在直接交往之前，鲁迅和瞿秋白之间的往还，主要经过冯雪峰。鲁迅在日本留学时学过一些俄文，虽未能阅读，但他藏有不少俄文书籍，瞿秋白翻译的许多文字，来源于鲁迅的供给。一九三一年十月，受鲁迅约请，瞿秋白为曹靖华译作《铁流》补译了一篇近两万字的序文。序文送给鲁迅时，附了一封瞿秋白给鲁迅

---

[1]《瞿秋白文集·文学编》第2卷，人民文学出版社1986年版，第417页。

和冯雪峰的便条，这是两人之间最早的通信。十一月鲁迅又请瞿秋白翻译卢那卡尔斯基的剧本《被解放的堂吉诃德》，他自己已从日文译了第一场，得到俄文原本后，遂请瞿秋白据原文翻译了全剧。

一九三一年十二月五日，读了鲁迅托人送给他刚印出的《毁灭》后，瞿秋白第一次正式写信给鲁迅，信中说"我们是这样亲密的人，没有见面的时候就这样亲密的人"，这封信被鲁迅推荐以《论翻译》为题，发表于十二月十一日和二十五日的《十字街头》。十二月二十八日鲁迅给瞿秋白回信，以"敬爱的同志"相称。一九三二年一月五日的《十字街头》发表了瞿秋白写的评论鲁迅翻译的苏联作家法捷耶夫的长篇小说《毁灭》的文章《满洲的毁灭》，署名Smakin。一九三二年六月十日，瞿秋白给鲁迅写了一封六千字的长信，谈论关于中国文学史的整理问题。六月二十日，再次致信鲁迅，讨论翻译问题，该信发表于一九三二年七月十日的《文学月报》第一卷第二期。

据许广平回忆，鲁迅和瞿秋白的初次见面在一九三二年春末或夏初，地点在上海北四川路鲁迅居住的公寓里，同去的有冯雪峰、杨之华和瞿秋白的房东谢澹如。瞿秋白因身体的缘故向来忌酒，这回却破例小饮。鲁迅寓所在三层楼上，正对着虹口公园，这里的住户以外国人为主，比较安全。客人们在这里停留了整天，鲁迅和瞿秋白似乎有说不完的话。比瞿秋白年长一岁的许广平回忆，她这是第二次见到瞿秋白，第一次是她在女师大做学生的时候，瞿秋白被请去学校演讲。同年九月一日，鲁迅夫妇携海婴到南市谢家瞿秋白的住处回访，"在其寓午餐"，这是他们的第二次见面。此后往还较为频繁，赠书，通信。

瞿秋白在鲁迅寓所避难计有三次，两次在北四川路公寓，一次在大陆新村寓所。第一次避难是一九三二年十一月，鲁迅回北平省亲，许广平接待了瞿秋白夫妇，他们在鲁迅家住几日之后，鲁迅才回到上海，这次避难持续了近月，瞿秋白曾将自己新写的一首七绝和过去的一首七绝，书在宣纸上赠给鲁迅，后一首是："雪意凄其心惘然，江南旧梦已如烟。天寒沽酒长安市，有折梅花伴醉眠。"诗后附题跋："此种颓唐气息，今日思之，情如隔世。然作此诗时正是青年时代，殆所谓'忏悔的贵族'心情也。录呈鲁迅先生。"署名是"魏凝"。

十二月九日，瞿秋白夫妇以高价托人从某公司买了一盒积铁成象玩具送给海婴，并说"留个纪念，让他大起来也知道有个何先生"。"何苦先生"，冯雪峰说，鲁迅口头上一直以"何苦"之名称呼瞿秋白，他的本名是从来也没有叫过的，鲁迅日记中提及瞿秋白及夫人时，几乎每次名字都不一样，"维宁、何家夫妇、文尹夫妇、何凝"等，给人的印象是不同的人。瞿秋白在鲁迅家中，会见过一些共产党的地下联络员，鲁迅和许广平根本不认识的人，他们从来不多问。

第二次避难在一九三三年二月间。当时英国剧作家萧伯纳在中国访问，报纸上的各种报道经鲁迅和瞿秋白共同选定、编辑、翻译，许广平和杨之华剪贴，鲁迅做序，交由野草书屋出版了一书《萧伯纳在上海》。这次避难后，鲁迅托内山完造夫人，为瞿秋白夫妇将北四川路底施高塔路东照里十二号，一个日本人住家的一间朝南的屋子租下来，鲁迅写的那副对联"人生得一知己足矣，斯世当以同怀视之"[1]曾悬挂在这个临时的家里。此地与鲁迅住所相距较近。在此期间，瞿秋白写了《王道诗话》等十二篇杂文[2]，皆以鲁迅的笔名发在《申报·自由谈》或《申报月刊》上，这些杂文的写作，有些想法或腹稿，与鲁迅口头上交换过意见，后这些文章收入《鲁迅全

---

[1] 丁景唐《学习鲁迅和瞿秋白作品的札记》（上海文艺出版社1961年版）认为此联上所题"录何瓦琴句"之"何瓦琴"即瞿秋白的笔名何凝，非也。清人何溱，字方谷，号瓦琴，浙江钱塘人，工金石篆刻，著有《益寿馆吉金图》。这副对联，是他集兰亭褉帖的字，请鄞人徐时栋（字定字，号柳泉）书写的。徐时栋极称此联，遂录入他所著《烟屿楼笔记》中。

[2] 瞿秋白所作用鲁迅笔名发并收入《鲁迅全集》的杂文计有《王道诗话》《伸冤》《曲的解放》《迎头经》《出卖灵魂的秘诀》《最艺术的国家》《内外》《透底》《大观园的人才》《关于女人》《真假堂吉诃德》《中国文与中国人》，这些文章的手稿都由鲁迅保存下来。1953年均根据手稿编入《瞿秋白文集》。

集》。也是在此期间的四月八日，瞿秋白编订《鲁迅杂感选集》，并撰写一万七千字长篇序言，对鲁迅的杂文和思想给予了深刻的评价。许广平回忆道："鲁迅读了，心折不已。'只是说得太好了，应该坏的地方也多提一些'。"《鲁迅杂感选集》由青光书店出版，震动了文化界，产生了深远的影响。冯雪峰说，秋白同志那时候就对我说过这样意思的话："和鲁迅多谈谈，又反反覆覆地重读了他的杂感，我可以算是了解了鲁迅了。"[1]

第三次避难是在一九三三年七月。深夜两点，瞿秋白夫妇分乘黄包车突至，急敲大陆新村九号寓所大门，逃避突然出现的敌情。

一九三四年一月瞿秋白奉命离沪赴瑞金，临行前曾到鲁迅寓所叙别。这一次，鲁迅把自己的床铺给瞿秋白睡，自己和许广平睡到地板上，"觉得这样才能使自己稍尽无限友情于万一"。瞿秋白将编就的《乱弹》文集稿本交与鲁迅保存。

一九三四年一月二十八日，鲁迅收到瞿秋白赴瑞金途中的来信。十月十日，中央红军主力及后方机关八万六千馀人从瑞金出发，开始长征。身患重病的瞿秋白"服从组织命令"，留在江西。

再后是鲁迅在上海听到瞿秋白被捕的消息、遇害的消息，之后遂以病体投入《海上述林》的编辑、校对和出版工作。鲁迅在给曹白的信中说："《述林》纪念的意义居多，所以竭力保存原样，译名不加统一，原文也不注了，有些错处，我也并不改正——让将来中国的公谟学院来办吧。"

鲁迅整理编校的《海上述林》，以诸夏怀霜社的名义刊行，与其说是隐去，不如说是直指作者姓名，这当然是一种抗议，甚至于示威。据不完全统计，瞿秋白发表的文章共用了七十五个笔名，使用笔名之多，大概只有鲁迅可以相比。他的写作时间只有约十五年，是鲁迅写作时间的一半，但留下的文字总量，却与鲁迅创作和翻译总量

---

[1]《雪峰文集》第4卷，人民文学出版社1985年版，第227页。

接近（《瞿秋白文集》文学编六卷，政治理论编八卷，合计十四卷，五百馀万字）。

二

"浪漫谛克"的革命家，注定了是革命队伍中多馀的人。

长征之前，据说高级干部的谁走孰留由李德、博古、周恩来最高三人团决定。瞿秋白曾向张闻天表示"要求同走"，张同情并向博古提出，但博古反对。伍修权回忆说，有的极左路线领导者趁机把他们所不喜欢的干部甩掉，留在苏区打游击[1]，这无异于借敌人之刀杀人。继一九三一年初被陈绍禹和米夫联手赶出政治局后，这位前领导人再次被迫服从"组织的决定"。一九三四年底，有传闻说瞿秋白在苏区病死。瞿秋白患有严重的肺疾，鲁迅认为应该安排他去的地方不是苏区而是苏联，假如真的要保存革命力量的话。瞿秋白离沪后，鲁迅曾亲自买了药托人辗转寄至瑞金。瞿秋白在他生命的最后一年，担任瑞金中央政府的人民教育委员，苏维埃大学校长，副校长徐特立时年五十七，获准参加了长征，寿至一九六八年。

瞿秋白自言："我生来就是一浪漫派，时时想超越范围，突进猛出，有一番惊愕歌泣之奇迹。"[2]他的成为革命家，在他自己看来是"历史的误会"，起因却是由于语言。假如我们把二十世纪中国的

---

[1]《中共党史资料》1982年第1辑，中共中央党校出版社，第175页。吴黎平在《忆秋白同志相处的日子及其他》一文中说："我曾经对把秋白同志留下的这一决定，问过毛泽东同志。说秋白同志这样的同志，怎样可以不带走，让他听候命运摆布？毛泽东同志回答道，他也提了，但是他的话不顶事嘛。我也问过张闻天同志，他回答，这是中央局大伙决定的，他一个人说没有用。"廖承志曾对齐燕铭说过，博古在报上看到秋白牺牲的消息和《多馀的话》时曾说，如果秋白和我们一起参加长征，他不至于牺牲。说这话时，博古的脸红了。据廖公说，这是因为他感到内疚。资料来源：瞿独伊：《生命的伴侣》，载《瞿秋白研究》第11辑，学林出版社2000年版。

[2] 文木、郁华编：《瞿秋白散文》上卷，中国广播电视出版社1997年版，第166页。

政治，归结为语言政治不为无据的话，也顺理成章。他精通俄文，英文、法文亦信手拈来、脱口而出，深通古诗词，白话文一流，这几样加起来，尤其是精通俄语，就让他身不由己卷入了中国新生的语言政治——这一"历史的纠葛"中了。

瞿秋白出生在十九世纪的最后一年，江苏常州世代为官没落的大家族，十七岁那年，母亲因无力偿债自杀，他只身到北京参加文官考试未录取，进了不收学费的外交部俄文专修馆，"五四运动"做了学生领袖，在街头被捕，旋获释。一九二〇年作为北京《晨报》和上海《时事新报》的特派员赴苏联考察，"一战"结束时诞生的俄国新政权，那时立足未稳，连吃饭也成为问题，瞿秋白一行三人的俄国采访，冒着很大的风险，后来出版的《新俄国游记》又称《饿乡纪程》。瞿秋白的乡贤，清朝诗人黄仲则有《将之京师杂别》之作："翩与归鸿共北征，登山临水黯愁生。江南草长莺飞日，游子离邦去里情。五夜壮心悲伏枥，百年左计负躬耕。自嫌诗少幽燕气，故作冰天跃马行。"[1] 从常州到北京，已经生出如此离愁别绪，瞿秋白的赴俄考察，从北京经哈尔滨、满洲里出境，穿越战火中的西伯利亚抵达莫斯科。瞿秋白的《赤都心史》出版于一九二四年，是"文学研究会丛书"之一，写的与其说是作者在莫斯科的见闻，绝非客观的游记，毋宁是个人"心理记录的底稿"。风格上新旧杂糅，体裁多种多样，新诗旧诗兼收，还有以五言古诗翻译的莱蒙托夫："常抱赤子心，悲泪盈洪荒；歌声清且纯，无言意自长。此曲留人世，历炼心志良；天声自玄妙，尘俗敢相望？"[2] 就文学素养和才情而言，《赤都心史》的作者在当时中国文坛无疑是出类拔萃者。在新文学运动和共产主义运动出现交叉的时候，多数青年会选择先政治后文学，或是政治的路走不通时退回文学，茅盾就是这样。周作人为此批评过他的老师章太炎，视学问为

---

[1] 黄景仁:《两当轩集》，上海古籍出版社1983年版，第250页。
[2] 《瞿秋白文集·文学编》第1卷，人民文学出版社1985年版，第153页。

从政之馀事，看来这一传统在更为年轻的一代身上仍未断绝。瞿秋白因性格上的双重性，两面的冲突格外地大。

一九二一年三月、六月，瞿秋白以记者身份参加了在莫斯科召开的苏共"十大"和共产国际第三次代表大会，两次见到列宁，与其合影。瞿秋白曾说，列宁的德语、法语都很流畅，不像高尔基虽常年住在国外，一句外语也不会讲。瞿秋白在莫斯科东方大学的中国班任俄语教师时，刘少奇、罗觉、彭述之、任弼时、萧劲光以及萧三、蒋光慈等，是这个班上的学生。

一九三三年底，王明控制的中共中央，突然通知瞿秋白到苏区，却不让他的爱人杨之华同往，他向组织提出请求后得到的答复是，暂时不能去，因为她的工作要有人来接替："这当然是堂而皇之的理由，谁能说它不是理由呢？但是王明集团的要人们，有谁从中国到苏联去，或者从白区到苏区，或从苏区到白区去，不携眷同行呢？"[1]携眷长征的要人，又有多少呢？

瞿秋白的浪漫天性，在与爱人诀别时更为分明。据杨之华回忆，瞿秋白突然紧握着她的手说："之华，我们一起为共产主义理想而奋斗，被捕牺牲是意料中的事。我们活要活在一起，死也死在一起。你还记得广东周文雍、陈铁军夫妇一同英勇上刑场的照片吗？即使我们不能共享胜利的喜悦，那样牺牲也是无尚幸福的！"[2]

当多数革命者在顽强求生时，这位革命家却在认真地准备赴死。

从瞿秋白被捕身份暴露的那一刻起，鲁迅就断定他已无生存的希望。比起那些被秘密枪决的无名文学青年，瞿秋白是公开被处死的，报纸上于他的行刑有详细的报道。天津《大公报》记下了当时的情景：

---

[1]　陈铁健：《瞿秋白传》，上海人民出版社1986年版，第444页。
[2]　转引自周永祥：《瞿秋白年谱新编》，学林出版社1992年版，第372页。

瞿秋白至中山公园，全园为之寂静，鸟雀停止呻吟。秋白信步行至亭前，已见菲菜四碟，美酒一瓮，彼独坐其上，自斟自饮，谈笑自若，神色无异。酒半乃言曰："人之公余稍憩，为小快乐；夜间安眠，为大快乐；辞世长逝，为真快乐！"[1]

瞿秋白是在接受"无差别"的佛道玄理中平静离世的；鲁迅却至死不放弃对于差别的强调，"我也一个不宽恕"。瞿秋白着眼于"传统文人"，虽多贬词，但终以回归应之；鲁迅着眼于"文人传统"，以叛逆到底的方式加以继承乃至创造，所以别出心裁，赞誉有加。"文人传统"的重点之一，即在于时时刻刻的更新与创造。苟日新，日日新。

中国文化在瞿秋白身上的胜利，意味深长。他是多愁多病善感情长的文人，能诗擅义的才子，其临危不惧，临难不苟，视死如归，且对于自己的文化认同、身份认同异常清醒，排除顾虑执意要说个清楚，虽然《多馀的话》对"文人"一语多有贬词，但丝毫不减其堪以身心付之的文化自信。大概是受到画师父亲的影响，瞿秋白擅画，秉南人之质，擅北宗之境，以细笔写苍浑，有王石谷馀绪。

田园将芜胡不归？这位革命家在临终之际，摘下意识形态的面具、回归文学仅是表象，其要害和实质在于回归中国文化。

瞿秋白在狱中所写《多馀的话》，实际上只是他计划所著"三部曲"中的第一部，第二部和第三部不仅拟有题目，且有详细的标题，命名为《未成稿目录》，第二部《读者言》标题下有十个小标题；第三部《痕迹》标题下共三十个小标题（标号共三十一，但原抄件无第十七）。前者是一部文学评论集，后者系详细的个人自传或回忆录，除了小标题外，还以地名等为线索，将个人生活历程明显地区分为十一段落。一九三五年六月四日在狱中向采访的《国闻周报》记者出

---

[1] 天津《大公报》，1935年7月5日。

示写好的《多馀的话》原稿（黑布面英文练习本，钢笔蓝墨水书写，原稿至今下落不明）时说："打算再写两本，补充我想讲的话，共凑成三部曲，不过有没有时间让我写，那就不知道了。"[1]国内《多馀的话》的研究者，未见从三部曲的角度去阐释这一文本。

说不知道，意思是身不由主，对于自己的时日不多，他是清楚的，所以才会提前把小标题全部拟出。这些标目简短，但并非没有意义，在他过去公开发表的文字和通信中，多有线索或者提示，可供有心人做深入的研究。

"寂寞此人间，且喜身无主"，这是他在狱中所写《卜算子》的开首两句，接下是"眼底烟云过尽时，正我逍遥处"，作者在赴刑之前，引用了自己的这两句，并道"此非词谶，乃狱中言志耳。秋白绝笔"。从容镇定，视死如归。

对于自己的被捕和罹祸，他有充分的心理准备。据杨之华回忆，瞿秋白曾经对她说过："我一旦被捕，受到审判的时候，就这样回答他们：'你们不配审判我，我要审判你们！'"[2]真的到了那一天，他并没有这样做。不是他改变了对敌人的看法，而是对自己的看法："从此，我的武装完全被解除，我自身被拉出了队伍，我停止了一切种种斗争，在这等着'生命的结束'。可是这些都没有什么。"

死亡当前，显示了他真正的"浪漫谛克的革命家"的本色，毫不掩饰内心的诸多矛盾和冲突。这位《国际歌》的中文词译者，以俄语吟唱《国际歌》走向刑场。他曾经坚定地主张"绝对的白话"，却以狱中五首古诗词《浣溪沙》《卜算子》《梦回》《无题》《赠内》结束自己的汉语写作。他为军医将自己的诗词新作书写在宣纸上，为许多请托的人治印。引人瞩目的是，这位毕生宣传了马克思主义世界观和历史观的职业革命家，在生死关头回到了传统中国文人的

[1] 周永祥：《瞿秋白年谱新编》，学林出版社1992年版，第393页。
[2] 杨之华：《忆秋白》，载《多馀人心史》，东方出版社1998年版，第31页。

立场上安顿身心。

三

　　《多馀的话》问世之后，直至二十世纪六十年代初一直被认为是伪作，至少是被篡改过的，此不足采信。一九五三年出版的八卷四册本《瞿秋白文集》，未收此文。《多馀的话》最初由国民党刊物《社会新闻》在一九三五年九月摘录刊登，既非左翼亦非国民党刊物的《逸经》一九三七年连载过全文，当时郑振铎在《逸经》杂志社看过底稿，断定其非瞿秋白手迹。最早相信《多馀的话》是瞿秋白本人所写，是"文革"中发起"讨瞿"运动的红卫兵。他们并非取得了什么可靠的证据，而是为了革命斗争的狂热之情增加一个理由。

　　今天的研究者普遍相信，《多馀的话》是瞿秋白所写。手稿虽仍未见，但重要的依据有二，一是一九七九年在中央档案馆保存的国民政府档案中发现了抄本，与《社会新闻》和《逸经》刊出的文字相符，只是刊出本有些遗漏。二是一九三五年六月四日，就义前十四天，瞿秋白在狱中接受了《福建日报》记者李克长采访，当时发表的《瞿秋白访问记》披露过此文："我花了一星期的工夫，写了一本小册，题名'多馀的话'（言时，从桌上检出该书与记者。系黑布面英文练习本，用钢笔蓝墨水书写者，封面贴有白纸浮签），这不过是记载我个人的零星感想，关于我之身世，亦间有叙述，后面有一'记忆中的日期表'某年作某事，一一注明，但恐记忆不清，难免有错误之处，然大体当无讹谬。请细加阅览，当知我身世详情，及近来感想也。"[1]这段见诸报端的文字，所涉"黑布面英文练习本"，与杨之华和瞿秋白上海分手之际携带的"黑布面英文练习本"吻合。一九九一年官方出版的《瞿秋白文集》，将《多馀的话》作为《附录》，收入了《政治理论编》第七

----

[1]　转引自刘福勤：《心忧书〈多馀的话〉》，上海社会科学院出版社1993年版，第17页。

卷，并加了《编者案》，"从文章的内容、所述事实和文风看，是瞿秋白所写"云。另外，丁玲一九八〇年记《我所认识的瞿秋白同志》也是一个旁证，她早年在上海大学读书时是瞿秋白的学生，王剑虹的密友，后瞿秋白主持了她的入党仪式。她说自己第一次读到《多馀的话》是在延安："我读着文章仿佛看见了秋白本人，我完全相信这篇文章是他自己写的。那些语言，那种心情，我是多么地熟悉啊！我一下就联想到他过去写给我的那一束谜似的信。""那样无情地剖析自己，那样大胆地急切地向人民、向后代毫无保留地谴责自己。我读着这篇文章非常难过，非常同情他，非常理解他，尊重他那时的坦荡胸怀。"[1]

《多馀的话》及《未成稿目录》无疑是二十世纪中国最重要的思想文献之一。它极其充分地展示了作者的双重性格，没有丝毫的掩饰，而是最大限度地自我揭露和自我剖析，是个人的真实生命在生死关头对于语言政治——意识形态总体立场的放弃，去掉面具，袒露真实，这与作者晚年受鲁迅"彻底的反虚伪的精神"影响是分不开的。

瞿秋白在狱中给郭沫若写过一封信，其中一些话，可视作《多馀的话》的导言或自序："时代的电流是最强烈的力量，像我这样脆弱的人物也终于禁不起了。历史上的功罪，日后自有定论，我也不愿多说，不过我想自己既有自知之明，不妨尽量的披露出来，使得历史档案的书架上，材料更丰富些，也可以免得许多猜测和推想的考证功夫。"[2]

《多馀的话》分七节，外加"附录"，即《记忆中的日期》和《未成稿目录》。七节的每一节长短不一，皆有小标题，其中第六节《文人》的篇幅最长。细析与阐释《多馀的话》全文，非本文的题旨。瞿秋白于中国的所谓"文人"和俄国文学中"多馀的人"，颇为留意，在自我剖析时以此两种人自居，鲁迅的态度与此并不相同。两个引为知己的人，阅历年龄上的不同，思想和性格上的差异值得讨论。

---

［1］《丁玲文集》第5卷，湖南人民出版社1984年版，第107页。
［2］《瞿秋白文集·文学编》第2卷，人民文学出版社1986年版，第418页。

在"文人"这个标题下,《多馀的话》开首引用顾炎武言,"一为文人,便无足观"。这类的话,古人有很多,诗人黄仲则亦有"十有九人堪白眼,百无一用是书生"的句子。不寻常的是,瞿秋白没有提及顾炎武,只讲"这是清朝一个汉学家说的",清朝的汉学,固然肇端于亭林,但他本人既不仕清,亦不以汉学为意,章太炎因慕顾炎武为人而改名绛,他的反满思想源头之一即在于此。瞿秋白又说:"所谓'文人',正是无用的人物。"接下来的文字,皆在批贬"文人",认作是"中国中世纪的残馀和'遗产'——一份很坏的遗产","不幸,我自己不能够否认自己正是'文人'之中的一种"。

…………

瞿秋白说:"本来,书生对于宇宙间的一切现象,都不会有亲切的了解,往往会把自己变成一大堆抽象名词的化身。一切都有一个'名词',但是没有实感。譬如说,劳动者的生活、剥削、斗争精神、土地革命、政权……一直到春花秋月、崦嵫、委蛇、一切种种名词、概念、词藻,说是会说的,等到追问你究竟是怎么一回事,那就会感到模糊起来。"[1]

…………

瞿秋白身后,中国现代文学于文人的想象或说表现,似乎是对负面的"文人积习"的典型之发挥。其中以曹禺《北京人》(一九四○),巴金《寒夜》(一九四六)为最突出。

《北京人》的主人公曾文清,曹禺这样描述:"他生长在北平的书香门第,下棋,赋诗,作画,很自然的在他的生活里占了很多的时间,北平的岁月是悠闲的,春天放风筝,夏夜游北海,秋天逛西山看红叶,冬天早晨在雾雪时的窗下作画。寂寞时徘徊赋诗,心境恬淡时独坐品茗,半生都在空洞的悠忽中度过。又是从小为母亲所溺爱的,早年结婚,身体孱弱,语言清虚,行动飘然。小地方看去,他绝顶聪明,儿

---

[1] 转引自刘福勤:《心忧书〈多馀的话〉》,上海社会科学院出版社1993年版,第239页。

时即有'神童'之誉，但如今三十六岁了，却故我依然，活得却那般无能力，无魂魄，终日像落掉了什么。他风趣不凡，谈吐也好，分明是个温柔可亲的性格。然而他给与人的却是那么一种沉滞的懒散之感。懒于动作，懒于思想，懒于用心，懒于说话，懒于举步，懒于起床，懒于见人，懒于做任何严重费力的事情。重重对生活的厌倦和失望甚至使他懒于宣泄心中的苦痛。懒到他不想感觉自己还有感觉，懒到能使一个有眼的人看得穿：'这只是一个生命的空壳。'虽然他很温文有礼的，时而神采焕发，清奇飘逸。这是一个士大夫家庭的子弟，染受了过渡的腐烂的北平士大夫文化的结果。他一半成了精神上的瘫痪。"[1]

巴金的《寒夜》，背景换到了抗战陪都重庆，这位"文人"名曰汪文宣，"一个患肺病死掉的小公务员"。"不死不活的困苦生活增加了意见不合的婆媳间的纠纷，夹在中间受气的又是丈夫又是儿子的小公务员默默地吞着眼泪，让生命之血一滴一滴地流出去。""他总是脸色苍白，眼睛无光，两颊少肉，埋着头，垂着手，小声咳嗽，轻轻走路，好像害怕惊动旁人一样。他心地善良，从来不想伤害别人，只希望自己能够无病无灾、简简单单地活下去。他们在旧社会里到处遭受白眼，不声不响地忍受种种不合理的待遇，终日辛辛苦苦地认真工作，却无法让一家人得到温饱。他们一步一步地走向悲惨的死亡，只有在断气的时候才得到休息。"[2]

身不能修，家不能齐，何谈治国与平天下呢？文人自己真的走在穷途末路上吗？鲁迅的改造国民性，曾几何时被偷偷换成了"消除文人性"。士如牛马在先，民如虎狼在后，一个社会自毁其文明，通常照此顺序。

鲁迅一九三五年四月十四日写了一篇短文《"文人相轻"》，发表于一九三五年五月《文学》月刊第四卷第五期《文学论坛》栏，署名隼。

---

[1] 曹禺：《北京人》，文化生活出版社1941年版，第35页。
[2] 巴金：《寒夜》，人民文学出版社1983年版，第259页。

到九月十二日，这一题目连续写了七文，均发在同一刊物上。《多馀的话》最初由国民党刊物《社会新闻》刊出在一九三五年八月至九月，假如鲁迅真的看过的话，也只能在此之后。所以，七论文人相轻的写作，并非针对《多馀的话》中关于文人的论述，两者只是论题上的巧合，在论点上却正好相反，与瞿秋白所谓"优柔寡断，随波逐流，是这种'文人'必然的性格"以及"忍耐，躲避，讲和气，希望大家安静些，仁慈些"不同，鲁迅主张文人应当"有明确的是非""有热烈的好恶"。"他得像热烈地主张着所是一样，热烈地攻击着所非，像热烈地拥抱着所爱一样，更热烈地拥抱着所憎——恰如赫尔库来斯（Hercules）的紧抱了巨人安太乌斯（Antaecus）一样，因为要折断他的肋骨。"[1]

鲁迅没有局限在中国的语境下谈论所谓"文人"，他把"文人"和希腊神话中的赫拉克勒斯（字面意思是赫拉的荣耀，因为赫拉对他的迫害而成就了他的十二件伟大业绩）联系了起来。

赫拉克勒斯与盖亚之子安泰（即鲁迅说的安太乌斯）的角力，在希腊神话故事中著名，雅典娜女神将安泰的秘密告诉了他的对手，只要他的脚接触着大地，就可以获得神力，谁也奈何他不得。赫拉克勒斯于是抱住他，使他脱离地面后扼死了他。意大利画家丁托列托的《赫拉克勒斯》，画面呈现了两位半神角力的场面。

在鲁迅看来，传统文人并非一成不变，也不是浑身都是缺点；文人传统，是一个生生不息不断丰富和创造的过程，他的晚年更是把这一传统的源头，伸向先秦诸子的思想和人格。返本开新的鲁迅，具有赫拉克勒斯一般的气概。

---

[1]《鲁迅全集》第6卷，人民文学出版社1958年版，第267页。鲁迅所说的"折断肋骨"似乎是另一件事，赫拉克勒斯在完成阿耳戈斯国王欧律斯透斯派给他的第十一件工作——捉住冥府之犬的过程中，为了使焦渴的鬼魂得到血食，他袭取普路同的牛群，并杀死一条牛。牧人墨诺提俄斯不愿他这样，向他挑战，与他角力，"赫拉克勒斯即刻抱着他的腰肢并挤断他的肋骨，直到珀耳塞福涅自己走来调解，才将他释放"。见斯威布：《希腊的神话和传说》上卷，楚图南译，人民文学出版社1958年版，第171页。

论器识，瞿秋白绝非自己所批评的一介书生。马克思主义意识形态，在他那里运用得娴熟，也能贯彻文章的始终，但未能化作他身上的血肉，到了生死关头，真正帮助他参透生死了悟人生的，是自幼习得的中国文化，骨子里他仍是一位地地道道的中国文人。这文人不仅才情卓荦，而且临难不苟，虽说手无缚鸡之力，却心有三军难犯之志。

四

瞿秋白的谱名称懋淼，其父信奉道教，以五行命名自己的诸子，秋白为长，始于水。二弟云白，谱名懋焱，三弟景白懋森，四弟垚白懋垚，五弟坚白懋穀。他出生时两边发际呈现涡形，俗称双顶，故小名阿双，学名双、霜，中学后期自改为爽，字秋白，后遂以字行。双——霜——秋白，从谐音到释义，他的众多笔名"魏凝""维宁"皆是围绕着本名而来的，他本人又明显地具有双重性格，可谓名副其实。

常州诗人黄仲则，因相似的经历，相似的气质，对少年瞿秋白影响很深。《杂感四首》之一云："听猿讵止三声泪，绕指真成百炼钢。自傲一呕休示客，恐将冰炭置入肠。"[1] 似乎是与生俱来的激情似火又寒冷如冰。

瞿秋白很早就形成了某种人生的基调——"悲怀诗思"，他赠给幼时朋友杨牧之的一首五古中有"词人作不得，身世重悲酸。吾乡黄仲则，风雪一家寒"（这里说的是黄仲则的名诗《都门秋思》中的诗句"寒甚更无修竹倚，愁多思买白杨栽。全家都在风声里，九月衣裳未剪裁"）。

瞿秋白狱中所写"廿载浮沉万事空，年华似水水流东，枉抛心力做英雄。湖海栖迟芳草梦，江城辜负落花风，黄昏已尽夕阳红"（《浣

---

[1] 黄景仁：《两当轩集》，上海古籍出版社1983年版，第158页。

溪沙》）。其中第三句，很可能出自于黄仲则《癸巳除夕偶成》："汝辈何知吾自悔，枉抛心力作诗人。"[1]

《饿乡纪程》中写临行前与父亲话别："重逢的时节也不知道在何年何月，家道又如此，真正叫人想起我们常州诗人黄仲则的名句来：'惨惨柴门风雪夜，此时有子不如无'。"[2]他受黄仲则的影响之深，由此可见。

对于内心世界的对立，他很早就有清醒的意识。一九二一年十二月十九日写的《中国之"多馀的人"》一文说："咦！我生来就是一浪漫派，时时想超越范围，突进猛出，有一番惊愕歌泣之奇迹，情性的动，无限量，无限量。然而我自幼倾向于现实派的内力，亦坚固得很，'总应当'脚踏实地，好好地去实练明察，必须看着现实的生活，做一件是一件。理智的力，强行制裁。……两派潮流的交汇，湍洄相激，成此旋涡——多馀的人。"[3]

"噫！心智不调。无谓的浪漫，抽象的现实，陷我于深渊；当寻流动的浪漫，现实的现实。不要存心智相异的'不正见'，我本来不但如今病。"他认为这种双重性，根本在于理智和情感的冲突，是一种他总想克服的"疾病"。这种内心冲突或者说心智不调，在王国维身上亦同样突出。

《多馀的话》是一部充满矛盾的文本——揭示与掩盖，双重意图的交织；忠于组织与忠于个人内心的感受时时对立着，无法解决。文化认同和身份认同上，在马克思主义与中国文化间，布尔什维克与文人之间，顾此失彼，无从取舍。其中的一重矛盾，出于作者自身的心智不调。他在屠格涅夫的长篇小说《罗亭》（瞿秋白译为《鲁定》）中，似乎找到了知音。整部《多馀的话》，回荡着罗亭致娜塔莉亚的

---

［1］ 黄景仁：《两当轩集》，上海古籍出版社1983年版，第237页。

［2］ 《瞿秋白文集·文学编》第1卷，人民文学出版社1985年版，第10页。

［3］ 同上，第218页。

信中那种矛盾和自责的语调：

> 我的全部才智都将虚掷；我不会看到我的种子开花结果。我感觉到我缺少……可我自己也说不上我究竟缺少什么……大概我缺少的是那种凡要打动人们的心和赢得女人的心都不可或缺的东西；单单对头脑建立的控制是脆弱的，且一无用处。我的命运是奇怪的，而且几乎是滑稽的，我愿意满腔热忱地、毫无保留地献出我的一切，——却献不出去。到头来，我为之牺牲的将是某种连我自己都不相信的无稽之谈……天哪！[1]

罗亭在小说的结尾部分对列日涅夫说的话："现在一切已经告终，无须谈什么严酷不严酷了，不但灯里边的油已经干了，连灯也已经打碎了，眼看着灯芯就要灭了……兄弟，死亡会使我们最终和解。"在《多馀的话》里，类似这样的言语有许多。

罗亭曾说过："我浪费了我的生命，没有为了我的思想把力气用在刀口上……"列日涅夫突然遇到罗亭时想，"唉，这个人……凭他的才能，只要他愿意，有什么他不能获得，人世的荣华富贵有什么他不能享用！……可是我此刻看见的他，却饥肠辘辘，流离失所……"他对罗亭说的最重要的话是："不管抱着什么愿望着手去干一桩事业，结果每回都必定以你牺牲个人的利益而告终，每回你都不肯把你的根扎入和你格格不入的土壤之中，不管这土壤多么肥沃？"罗亭最后的结局是参加巴黎一九四八年的起义，被一颗子弹射中了心脏。"活该，"一个正逃命的起义者对另一个说，"一个波兰人被打死了。"也许是罗亭的这种无根性，使瞿秋白在狱中审视自己的时候，看清楚了自己的文化上的根。

列日涅夫还说："罗亭的不幸在于他不了解俄罗斯，这的确是巨

---

[1] 屠格涅夫：《罗亭·贵族之家》，戴骢译，上海译文出版社2006年版，第121页。

大的不幸。俄罗斯可以没有我们中间的任何一个人，而我们中间的任何一个人却不可以没有俄罗斯。谁以为可以，谁就是不幸的，谁真的不要俄罗斯，谁就加倍的不幸！世界主义——无稽之谈，世界主义者是零，比零还不如；离开民族性就没有艺术，没有真理，没有生命，一无所有。"

罗亭自述"不知多少次我像雄鹰一般一飞冲天，结果却像一只摔破了外壳的蜗牛那样爬回来！我哪里没去过，哪条路没走过！……而路往往是泥泞的"。

上面这些摘录自《罗亭》中的话，有助于我们理解瞿秋白在何种意义上把自己称作"多余的人"。有"多余的人"，才会有《多余的话》。

屠格涅夫一八六〇年发表过一篇演说《汉姆雷特与堂吉诃德》："我觉得，这两个典型体现着人类天性中的两个根本对立的特性，就是人类天性赖以旋转的轴的两极。我觉得，所有的人都或多或少地属于这两个典型中的一个，我们几乎每一个人或者接近堂·吉诃德，或者接近汉姆雷特。"[1] 以赛亚·伯林称为刺猬和狐狸。

在屠格涅夫看来，堂·吉诃德"首先是表现了信仰，对某种永恒的不可动摇的事物的信仰，对真理的信仰"，"全身心浸透着对理想的忠诚，为了理想他准备承受种种艰难困苦，准备牺牲自己的生命"。"他知道得很少，而且他也不需要知道很多：他知道他的事业是甚么，他为甚么生活在世上，这就是主要的知识了。""在堂·吉诃德身上，热情的原则造成了喜剧。"他于堂·吉诃德这一形象的解释，是在与赫尔岑的争论中产生的。中国的共产主义运动，需要大量的堂·吉诃德，瞿秋白这个被捕的堂·吉诃德，要说的最重要的话乃是，他实际上是一个汉姆雷特。

汉姆雷特"首先是自我分析和利己主义，因而就缺乏信仰"。"他是一个怀疑主义者，永远为自己忙忙碌碌；他经常关心的不是自己的

---

[1] 杨周翰编选：《莎士比亚评论汇编》上册，中国社会科学出版社1979年版，第466页。

责任，而是自己的境遇。""对别人一贯地有着十足的优越感，同时又辛辣地自我嘲笑、贬低，他身上的一切都使人喜爱，一切都使人迷恋；任何人都会以享有汉姆雷特的美名而引以为荣，没有人愿意担当堂·吉诃德这一绰号。""汉姆雷特之流的的确确对群众毫无用处，他们甚么也不能给予群众，不能把群众引导到任何地方去，因为他们自己哪里也不去。""汉姆雷特表现了大自然的基本的向心力，由于它，一切生物都认为自己是创造的中心，而把其他的一切都只看作为他而存在。""在汉姆雷特身上，自我分析的原则造成了悲剧。"

俄国文学中塑造过不少"多馀的人"，普希金的奥涅金、赫尔岑的别尔托夫、莱蒙托夫的毕巧林、屠格涅夫的罗亭、冈察洛夫的奥勃洛莫夫、高尔基的克里姆·萨姆金，这一系列构成了"多馀的人"家族。这个家族的成员，最大亦是最突出的特点，是什么事情也不做，他们是一些陷入忧愁的"闲人"（"富贵闲人"贾宝玉是中国的"多馀的人"吗）。在屠格涅夫看来，自由主义贵族无力推动社会进步，只尚空谈脱离群众，这些"多馀的人"，他们致命的心理特征是汉姆雷特主义罢了。

瞿秋白献身于革命事业，付诸心血劳碌一生，却坚称自己是中国多馀的人，这一点特别的不同寻常。虽然二十岁就不断遭受肺疾的损耗，但他实在是做了大量的工作。记者、翻译、教授、报刊主编，十五年间，各种的会议，起草种种文件、宣言、纲领，领导"五卅运动"，介入国共合作，一九二五年转入地下之后，东躲西藏，逃避重赏之下的追捕，有五年时间是共产党中央的政治局常委和实际领导人，除了大量事务性工作外，他还留下五百多万字的各类文章，其政治理论类的文字三百多万字，文学类二百万字。回顾往事，"油干火尽"，"一生的精力已经用尽，只剩下一个躯壳"。

他是这样的男人：空怀闲云野鹤志，当牛做马度平生。

屠格涅夫说："汉姆雷特们的主要的功绩之一就在于：他们教育了发展了类似霍拉旭这样的人，这些人从他们那里承受了思想的种子，在自己的心灵里成熟了，然后把这些思想传播到全世界。"而霍拉旭最突出的特点在于，他是"感情和理智相称的一种人"。

瞿秋白在《多馀的话》中，不畏艰难地揭示自身的汉姆雷特的一面，不正是要播撒思想的种子，寄望于未来的中国培育出霍拉旭这样的人吗："我自是小卒，我却编入世界的文化运动先锋队里，他将开全人类文化的新道路，亦即此足以光复四千余年文物灿烂的中国文化。"

五

时代的转换真的使人感受到无形之手的作弄，连最优秀的头脑也不能自外于环境与时势。章太炎的个人主义完成了，依自不依他的主张，个人为真团体为幻的观念，一生未改。反满复汉，张民族主义之帜，日寇入侵国难当头，依然以民族主义应之，与其个人主义并不冲突。鲁迅的个人主义半途而废，从"《河南》五论"到"北平五讲"，集体主义的声音渐渐强大，简直要掩盖早年的心声了。瞿秋白在求学时代就卷入了"五四运动"，身不由己地投入共产主义运动，直至被俘罹难，在生死抉择的时刻，醒悟到个人主义之不可缺少，他走了一条与鲁迅反方向的路，从集体主义皈依个人主义，从马克思主义皈依中国文化本位主义，从这个意义上讲，他说自己是布尔什维克的"叛徒"，是准确的，也是自觉的。他未能完全做主自己的生，他真的想以《多馀的话》定义自己的死。人固有一死，泰山之重，鸿毛之轻，不过是一名分、标签而已。活要活成真实的自己，死也要死成真实的自己，岂能浑浑噩噩先替别人活再替别人死。鲁迅笔下的魏连殳，一生孤独，拒绝归类，躺进棺材里却被人硬穿上军装制服，仿佛死成了别人。陶渊明临死之前，给自己做了一篇祭文，传诵至今，谁能说它多馀呢？

《多馀的话》曲折隐晦，是人话，饱受意识形态压制的瞿秋白，还有许多没有说出的"鬼话"，假如皆尽说出来，又不知该怎样地惊世骇俗了。《骷髅杂记序》写于一九三二年十一月，仅一百多字。

"肉已经烂光了，血早就干枯了，但是，骷髅还是不肯沉默。自然，他只会说些鬼话，只会记载些无聊的记录。谁知道呢——也许活人在深夜梦醒的时候，偶然高兴的听着这些鬼话。或者不愿意听，就说这是鬼叫，把耳朵塞住，钻到被窝底里去，做他们的春梦。那就让骷髅留着他的杂记给鬼看罢。人的将来总是鬼。这世界始终要变成鬼世界。不过对于鬼，这些杂记也许又都是不新鲜的了。"[1]横扫一切牛鬼蛇神的年代，红卫兵小将们自然不会放过这个曾经写过《骷髅杂记》的人。

彼时的瞿秋白，被解除职务已经快两年了，心境变化虽大，还不足以对自己一生彻底反思，这短小序言所流露出的情绪，不过是《多馀的话》的前言罢了。

杂记的正文，只有两篇短论，《"Apoliticism"——非政治主义》《美国的"同路人"》和两首有点费解的诗《爱光明》《向光明》。所传达出的气息，似与序言不相关。作者下了很大的决心要说些鬼话出来，结果出口还是十足的人话，这是无可奈何的事情。短论的观点，同以往的文艺观没有多少差别："客观上，某一个阶级的艺术必定是在组织着自己的情绪，自己的意志，而表现一定的宇宙观和社会观。问题只在于艺术和政治之间的联系的方式：有些阶级利于把这种联系隐蔽起来，有些阶级却是相反的。"另一篇文章，一多半是对美国*Left*杂志上费特的一段文字的翻译，接下来的批驳却没有什么像样的论述，只是宣布它是无产阶级的阶级敌人的态度而已。

值得注意的是费特原文的开头和结尾，这一头一尾，恰好成为两年多之后瞿秋白的个人写照。开头是这样的："对于我，文学的基础是关于勇敢，恋爱，死亡底绝对个人的简单的猜测；这些勇敢，恋爱，死亡，和社会革命没有任何的关系。"虽不能说《多馀

---

[1]《瞿秋白文集·文学编》第1卷，人民文学出版社1985年版，第539页。

的话》，全是这个意思，但毫无疑问包含了这个意思。费特的结尾更令人惊讶："总有一天 *Left* 杂志的编辑和我自己要一同排列在同一座砖墙的墙脚边，面对着武装的队伍，而一齐被枪毙，——枪毙的理由虽然各不相同，可是都是很有根据的呢。"[1] 在费特看来，作为庸众的敌人，"艺术家以前都是，将来也永久是孤独的，反社会的"，"这可是创作的必要条件"——"寂寞此人间，且喜身无主。眼底烟云过尽时，正我逍遥处。花落知春残，一任风和雨。信是明年春再来，应有香如故。"狱中写《卜算子》的瞿秋白，不知还记得费特蔑视群众的话否？

《多余的话》最后一句，是"中国的豆腐也是很好吃的东西，世界第一"。这颇有金圣叹被杀前"盐菜与黄豆同吃，大有胡桃滋味"的说法，含义却有不同。瞿秋白和包括鲁迅在内的"五四"一代知识分子，对于中国传统的批判，几十年如一日，彻底而全方位，等到想回归传统的时候，发现几乎没有立足之地。豆腐作为道士炼丹的副产品，融入百姓的日常生活，它的口感无须论证，"世界第一"此等废话，却意在肯定中国的什么，这是语言政治向身体政治——文化政治过渡的信号吗，比鲁迅"中国脊梁"的那段言语更为直截了当，也更为怡然自适。

瞿秋白在《中国文和中国话的关系》一文中对"可以说中国人是没有舌头的"这一骇人之论的注释中，详述了舌头的两种功能——说和吃，他说："中国人的舌头大概是不用来说话的，对付奴隶和贱民用得着皮鞭子和竹板子的时候多，而用得着舌头的时候很少。在这个意义上，可以说中国人没有舌头。可是，在别一方面，他们的'舌头文化'是很发达的，就是吃菜的文化。中国人烧的菜是最好吃的。尤其是广东菜，中国人的这种'文化'的确是'超越万国'，只看中国人辨别口味的能力比任何先进国家都要强得多。譬如'辣'字，'鲜'

---

[1]《瞿秋白文集·文学编》第1卷，人民文学出版社1985年版，第545页。

字在欧美各国的文字里就找不到适当的译文。这一点也是近代远东圣人的'学说'之中唯一正确的一点。所以简单地说中国人没有舌头，未免冤枉了中国的地主贵族，而且是诽谤圣道的。这是我必须申明的一点。"[1]

《多馀的话》最初由国民党刊物《社会新闻》一九三五年八月至九月，在第十二卷选载了"历史的误会"、"文人"、"告别"三部分，有所删减。据说鲁迅曾经看到过这些文字："年长的鲁迅比秋白更谙世情，深知世人很难理解一个真正的革命者真诚的自我解剖，而处于逆境中的秋白作这种书生式的自我分析，尤易遭人误解。""像秋白这样一位举足轻重的共产党领袖，鲁迅更顾忌他那内心的颓唐会影响革命青年，倒使敌人'矍铄'。"[2]

六

在《多馀的话》中，瞿秋白认为自己并不真正了解马克思主义，"不过，我对于社会主义或共产主义的终极理想，却比较有兴趣"。这里指的是乌托邦——大同。从孟子式的大同，到康有为式的大同。中国的文人，对于大同的迷恋，可谓千年不衰。

《礼记·礼运》篇中那段托名孔子的话，可视作中国大同思想的源头："大道之行也，天下为公，选贤与能，讲信修睦。故人不独亲其亲，不独子其子；使老有所终，壮有所用，幼有所长，矜、寡、孤、独、废疾者皆有所养；男有分，女有归。货，恶其弃于地也，不必藏于己；力，恶其不出于身也，不必为己；是故谋闭而不兴，盗窃乱贼而不作，故外户而不闭。是谓大同。"[3]

---

［1］《瞿秋白文集·文学编》第3卷，人民文学出版社1989年版，第263页。
［2］姚锡佩：《鲁迅读〈多馀的话〉之后》，《鲁迅研究动态》1989年第11期。
［3］中国科学院哲学研究所中国哲学史组编：《中国大同思想资料》，中华书局1959年版，第1页。

劳工至上，农人德尊，加之大同理想，使许多贫苦出身的知识人，义无反顾地投身于共产党这个新兴组织之中。马克思主义宣称自己是放之四海而皆准的普遍真理，这一点对于中国的知识分子，也具有巨大的吸引力，特别那些对于本民族的历史和学问"没有系统的研究，真正的心得"的人。一边是四万万不识字的劳苦大众，一边是承载着科学理论的先进的欧洲拼音文字，被认为落后有问题的只能是无辜的汉字了。瞿秋白认为，一定要走到文字革命的地步，所谓文学革命，才算彻底。汉字、文言、文人，他认作三位一体，皆为中世纪残馀，这三者的出路是被消灭。他在自己的所有文章中不遗馀力地攻击汉字、文言和文人，促其早日灭亡。

其实，汉字存在一天，真正的"人话文"——现代中国文（就是完全用白话的中国文字）就一天不能够彻底地建立起来。

一切文言的文学，都是贵族的文学（或者叫它士族文学，"君子"文学）。（《关于整理中国文学史的问题》）

"文人"是中国中世纪的残余和"遗产"——一份很坏的遗产。我相信，再过十年八年就没有这一种智识分子了。（《多馀的话》）

这是世界一切混蛋文字之中的最混蛋的文字。这种汉字真正是世界上最龌龊最恶劣最混蛋的中世纪的毛坑。

"'五四'时期来了一个大暴动，动摇了这个统治的基础。最近，又一个大暴动开始了，目的是要完完全全肃清这个中世纪的毛坑。"他是这样描述"五四"文学革命和三十年代初的文字革命的。（《再论翻译》）

"暴动"这个词，即为历史教科书上说的"起义"，在瞿秋白主持中央工作的五年里，组织了南昌暴动、广州暴动和秋收暴动。

在文字革命这个问题上，他不仅是宣传鼓动家，还是拉丁化文字的实践家。他花了很大的气力亲自编订了一百五十页详尽的《新中国文草案》，竭尽全力推动其试行。但他的拼音文字有一个重大缺陷，不标声调，所以今天的汉语拼音采纳的赵元任、黎锦熙等人的所谓国语罗马字方案。拉丁化新文字，热闹过一阵子，很快就销声匿迹了。鲁迅在文艺大众化、汉字拉丁化等问题上，受到过瞿秋白的巨大影响，但在翻译问题上，他们的主张有明显的分歧。

瞿秋白认为："翻译——除出能够介绍原本的内容给中国的读者之外——还有一个很重要的作用：就是帮助我们创造出新的中国的现代语言。"

> 中国的言语（文字）是那么穷乏，甚至于日常用品都是无名氏的。中国的言语简直没有完全脱离所谓"姿势语"的程度——普通的日常谈话几乎还离不开"手势戏"。自然，一切表现细腻的分别和复杂的关系的形容词，动词，前置词，几乎没有。宗法封建的中世纪的余孽，还紧紧的束缚这中国人的活的言语（不但是工农群众）。这种情形之下，创造新的言语是非常重大的任务。欧洲先进的国家，在二三百年四五百年以前，已经一般的完成了这个任务。就是历史上比较落后的俄国，也在一百五六十年以前就相当的结束了"教堂斯达夫文"。他们那里，是资产阶级的文艺复兴运动和启蒙运动做了这件事。例如俄国的洛莫洛莎夫……普希金。中国的资产阶级可没有这个能力。固然，中国的欧化的绅商，例如胡适之之流，开始了这个运动。但是这个运动的结果等于它的政治上的主人。因此，无产阶级必须继续去彻底完成这个任务，领导这个运动。[1]

创造新语言是全社会的活动，绝不可能是某一个阶级和政党的活

---

[1]《瞿秋白文集》第2册，人民文学出版社1953年版，第919页。

动，但是，谁在这一语言运动中起主导作用，或者说领导权的问题，难道不存在吗？白话文运动和共产主义运动以一种意识形态化的论述方式建立起某种相关性，你也许不妨把它叫作"科学话语共同体"。

在翻译上，鲁迅主张"宁信而不顺"。瞿秋白针锋相对地说："我觉得这是提出问题的方法上的错误。问题根本不在于'顺不顺'，而在于'翻译是否能够帮助现代中国文的发展'。第一，如果写的的确是现代中国文（嘴上说的中国普通话），那么，自然而然不会有不顺的事情，所以根本不成问题。第二，如果写的不是现代中国文，而是什么'远东拉丁文'（汉文文言），或者是西崽式的半文言（例如赵老爷等的翻译），那么，即使顺得像严又陵那样的古文腔调，也和中国现在活着的三万万几千万的活人两不相干。"

要创造新的表现方法，就必须顾到口头上"能够说得出"的条件。这意思是说，虽然一些新的字眼和句法，本来是中国话里所没有的，群众最初是听不惯的，可是，这些字眼和句法既然在口头上说得出来，那就有可能使群众的言语渐渐的容纳它们。假使存心可以"不顺"些，那就是预先剥夺了这种可能，以至于新的表现方法不能够从书面的变成口头的，因此，也就间接的维持汉字制度，间接的保存文言的势力，反而杀死了那新的表现方法。

问题是在于严格的分别中国的文还是话。中国的文言和白话的分别，其实等于拉丁文和法文的分别。我们先要认清这一点。中国的文言文，这是"士大夫民族"的国语，与我们小百姓不相干。这种文言文里面还需要输入什么新的表现法，或者不需要，这是另外一个问题，这是老爷们的问题，不是我们的问题。[1]

---

[1]《瞿秋白文集》第2册，人民文学出版社1953年版，第930页。

知识分子为什么向大众投降？谄媚大众是那个扭曲的时代给每一个先觉者的压力，连最优秀的知识分子也不能幸免吗？这不正是身份政治的开山吗？鲁迅是反对身份政治的，为什么反对，是因为鲁迅坚持自然人性论的基本立场。

在白话主义的立场上，瞿秋白与胡适的主张是接近的，虽然他在文章中提及胡适每每态度和口气十分的嘲讽。

瞿秋白在一九三一年所写《学阀万岁》一文中，重提十五年前陈独秀所倡导的文学革命的"三大主义"，对此三项目标之实现，逐一考量，得出的结论十分惊人。陈独秀当年的主张是，"推倒雕琢的阿谀的贵族文学，建设平易的抒情的国民文学；推倒陈腐的铺张的古典文学，建设新鲜的真诚的写实文学；推倒迂晦的艰涩的山林文学，建设明了的通俗的社会文学"。十五年过去之后，文学革命成功了吗？瞿秋白认为：

> 第一，贵族脱胎换骨变成了绅商（民族），民族道统借尸还魂的表现在绅商的国民文学；第二，山林隐逸脱胎换骨变成了市侩清客，倡优文艺借尸还魂的表现在清客的社会文学；第三，落拓名士脱胎换骨变成了高等无赖，古典堆砌无病呻吟的文艺借尸还魂的表现在无赖的写实文学。这样，旧文艺和新文艺之间还有什么战争的需要呢？！何况这些过程——脱胎和换骨，借尸和还魂，——都是潜移默化的进行着，很合于"君子之风"，自然是不战不和"顺而导之"的真革命。[1]

有名无实的"文学革命"，到头来不过是文学改良而已。文学上或者文化上的"新旧调和"，在革命家瞿秋白看来，是绝对不能接受的，是政治上的"投降主义"和"机会主义"，是阶级立场的丧失。

---

[1]《瞿秋白文集》第2册，人民文学出版社1953年版，第617页。

七

"山城细雨作春寒，料峭孤衾旧梦残。何事万缘俱寂后，偏留绮思绕云山。"这是瞿秋白狱中所作的七绝《梦回》。面对死亡，内心曾经无法调和的一切对立冲突渐趋平静，堂·吉诃德和汉姆雷特握手言和，为什么文学的念头还不肯离去？

绮，有花纹或图案的丝织品，绮罗之谓也。清末文豪王闿运，号湘绮先生，遍治经史及百家之言，在儒林文苑分驰的清代，兼涉两途，以辞章见称，诗文俱佳，其著作被门人辑为《湘绮楼全集》。他曾自述"好为文而不喜儒生，绮虽未能，是吾志也"。

瞿秋白一九二三年所作的新诗《失题》，生前并未发表过：

> 那网罗宇宙的诗意，它唯一的仇敌，便是语言文字。那贯彻金石的灵光，它唯一的屏蔽，便是前思后想。天地间真挚的心性，凡百"有情"都会自然的感召，又何劳你咏风弄月，絮叨个不了？当前坦荡的大道，只要你大踏步前去；又何必再踌躇踯躅，绞尽了脑髓？

《致××》为同一时期所写，也没有发表过：

> 原来是三岔路口：贵族的血，冷；市侩的铜，臭；劳工的汗，香。别人家的臭铜，决买不动你的肝胆；所怕自己的冷血。竟暖不了你的心肠。烘炉大冶的人间，正好是轮机声里的钢铁，——锻炼得你只剩些汗和血；这其间未必没有风花雪月，——又何必定要风花雪月！澎湃你的赤潮，涌出诗神历万劫。[1]

---

[1]《瞿秋白文集》第1册，人民文学出版社1953年版，第247页。

即使投身于共产主义运动，也不能仅仅瞩目于"钢铁是怎样炼成的"，既然这世界上有风花雪月，就定有人免不了吟风弄月。

"斩断尘缘尽六根，自家且了自家身。欲知治国平天下，原有英雄大圣人。"（《无题》）佛道两家泯灭生死，或者用庄子话说，齐生死，是平静的。舍生取义是儒家的死法，悲壮的，谭嗣同式的。儒家是积极自由，佛道两家是消极自由。瞿秋白早年熟读老庄和《大乘起信论》，积学原在，一朝悟出。

"夕阳明灭乱山中，落叶寒泉听不穷。已忍伶俜十年事，心持半偈万缘空。"（《集句》）这些绮思仿佛自身化为诗句，呈现于笔端。

《多馀的话》里"放弃思考"的说法，预见了未来知识分子的历史命运："我自己不愿有什么和中央不同的政见，我总是立刻'放弃'这些错误的见解，其实连想也没有仔细想，不过觉得争辩起来太麻烦了，既然无关紧要，就算了罢。"不知道他在生命的最后时刻，是否悟及章太炎的"个人为真，组织为幻"，大概他多半是明白的，只是不肯明白地说出来罢了。

历史本身是盲目混乱的，正义和理性不可能自动实现，依靠什么？历来端赖知识分子的良知见识，超越于自私自利之上的行为。在皇权专横的时代，不惜身家性命为民请命，除暴安良，如今这个传统断绝了，这个人人只能看到实利的时代，知识分子经济上的自私，政治上的冷漠，良知上的麻木，人格上的犬儒，使其甘愿与权势同流合污，甚或临终也期待权势为自己的名分说话，"五四运动"快一百年了，我们进步了多少？

瞿秋白是"五四运动"的参与者，他短暂的一生介入了二十世纪中国最重大的文化运动和政治运动中，也许是他内在的矛盾和双重性格使他变成了激进主义的代言人，王元化说："激进思想实际上有两种表现形态，一是以'人民'的名义，'神圣'的崇尚，去取消、压制个人的真实声音；一是以'进步'的名义，'求新'的崇尚，去破坏摧毁优秀文化传统的存在，同时也去取消其他被他们认为不进步不理性不新潮的声音。"

"'五四'精神当然要继承，但'五四'的一些缺陷，如意图伦理、功利主义、激进情绪、庸俗进化观点等是不应该继承的。"

"'五四'最重要的思想遗产是：独立之思想，自由之精神。"[1]在今天的语境下，能理解的人，皆懂得它的意思。在个人问题上，或学术、艺术问题上，可以有自己的思想或者观点，在涉及人格，涉及是非，问题就来了。

瞿秋白是谁？

堂·吉诃德还是汉姆雷特？刺猬还是狐狸？扮成堂·吉诃德的汉姆雷特？

鲁迅并非瞿秋白的霍拉旭，他固然珍惜与盗火者之间的情谊，但当下的急务乃是保存那火，不要让火种熄灭。但那真的是火吗？真理是火，意识形态是火的影像，它可以装扮成火，却不能温暖严寒中的人们。有人会说，没有真理，全部都是意识形态，这种虚无主义论调，从来也不新鲜。或许世上真的没有火，而盗火者相信有，他那种牺牲自己温暖大家的行为，是这个黑暗的世界上唯一的光明。瞿秋白从来没有说自己出国的目的是寻求真理，他当初念俄语因为不收学费，后来赴俄国采访，是记者的履职，由翻译而成为职业革命家，也并不偶然，但只有对文学的爱好，才是终身难以割舍的。但在这一过程中，他对文学的认识，已经不自觉地打上了意识形态的烙印，甚至他本人，也已深深地钻进了意识形态的网中："我自己知道虽然一知半解样样都懂得一点，其实样样都是外行，只有俄国文学还有相当的把握，而我到如今没有译过一部好好的文学书。"（《致郭沫若》）

瞿秋白想摆脱政治，逃到文艺世界里去，鲁迅却从文艺世界里逃出来，正在向语言政治和意识形态的客栈赶路。周氏兄弟失和之后，

---

[1] 马国川：《我与八十年代》，生活·读书·新知三联书店2011年版，第21页。

周作人的写作一言以蔽之，可以称文化批判，鲁迅却始终是社会批判。既为社会批判，就无法远离现实的政治，但鲁迅的政治是反叛的政治，他痛恨国民党的一套——压制言论，屠杀青年，排除异己。鲁迅自身虽不参与在政治上推翻它的组织，但与颠覆势力是实际上的同路人。一个走向穷途末路的政府，本来也许还有一线自救的希望，一步一步地变成不可救药，往往不单是因为它的自私自利，亦且因为它深不可测的愚蠢。这愚蠢导致了它的覆亡。

鲁迅和中国历史上的左与右

一

　　左和右是相互对应的方位。作为汉字，起源均早。《说文解字》释"左"为象形，与又（右）相对。后"左"从工，取工巧之义。比如说左右开弓，言左右手同样灵巧。但左字又引为乖戾、差失、违背等义，大概与多数人生理上左不及右相关。古代的习俗，尊右卑左。左有卑下、偏邪、不正、悖谬等义。比如旁门左道。古时贬官称"左迁"，尊崇贤士为"右贤"。"右"字，从又从口，手口兼用，本是相助之义，后借为左右之右。古代论座次，本来尊者居右，后来变为尊左，大概与宗庙里的位次有关，左昭右穆，昭在前，穆居后，已是尊左了，但只限于论座位。尊右卑左的意思，在字面上仍是一贯的。右还有亲近、爱护之义，左则疏远、冷落之义。这样，在政治上我们暂以主张君权者为右，主张民权者为左。

　　远和近是另一对相互对应的方位。古为远，今为近。中国有文字可稽的历史至少有四千年，而历史，从来不仅仅是过去发生过的事情，一张简略的大事年表，一堆已少有人读的典籍，它积累为现在，许多事物的结果在今朝，原因却可到千年追寻，构成近今的远古，不仅是背景，往往是事情本身。朝菌之于晦朔，蟪蛄之于春秋，何其难知也。要理解今天的现实，紧盯着当前是不妥当的，须将眼光放得远大。

　　孔子主张"克己复礼"，"郁郁乎文哉，吾从周"。大体上说孔子是有些右倾的，属于保守派，其实更是继往开来者，他集上古三代文化之大成于一身，开私学之传统，泽及后世以至于今。孔子并不拒绝革新，他被称作"圣之时者"，这个"时"，是变通以顺应时势的意思。《论语·宪问》中孔子曾说，"微管仲，吾其被发左衽矣"。假如没有管仲，我们至今还披散着头发，衣襟向左边开。左衽右衽，等于后来的华夷之辨。孔子实主张"允执其中"，倘若"不得中行而与之，必也狂狷乎！"他那时已经感叹："中庸之为德也，其至矣乎！民鲜久矣。"《中庸》有言，"君子尊德性而道问学"，原是不可分的。一一七五年的鹅湖之会后，朱陆明确将"尊德性"与"道问学"看作两件事，各执一端，这一分歧后来日渐扩大，遂成程朱、陆王之分野。我们在学问路径上以"尊德性"的致思路线为左，"道问学"为右。上溯孔门之后，孟子偏左，荀子偏右，应无疑问。

余英时说："如果我们把宋代看成'尊德性'与'道问学'并重的时代，明代是以'尊德性'为主导的时代，那么清代则可以说是'道问学'独霸的时代。"[1]

孔子之前的中国历史，被称作上古，夏商周三代，约有两千年。这两千载积累的最大文化遗产有两个，一是尚贤，一是亲亲。不幸这两者是相互矛盾的，有时候还十分对立，更有意味的是，在孔子之后的两千年里，皆被继承下来，成为政治制度上最重要的两股势力。家天下，父传子，根于亲亲（右）；科举取士，考官，是为尚贤（左）。由于大一统的建立，这两者的地位——主从关系固定下来，尚贤是服务于亲亲的。右为主，左为从，辅佐这个词，也充分证明了这样说是对的。经过严格选拔择优录取的文官系统，服务效忠于世袭的专制主义王权。这样的一种政治架构，实际上非常脆弱。皇帝本人从出生即卷入严峻的权力斗争中，其成长环境与常人不同，成年后身体健康心理正常，已属难得，期之以雄才大略或者仁慈宽厚，十不得一。人主

---

[1] 沈志佳编：《余英时文集》第四卷，广西师范大学出版社2004年版，第440页。

有难测之怒，人臣有旦夕之祸。据说朱元璋治下，"几无一时不变之法，无一日无过之人"。京官每入早朝，先同妻子永诀，黄昏返家，举家庆贺。[1]发达的理性主义的政治集团，听命于偶然性挑选出的君主，并由此决定普天下之人的运命。

诸子之学，看似差异大，肝胆胡越，互相竞争，势不两立。但在主张王权独尊上却又惊人的一致。亲亲尚贤四字，几乎可以穷尽中国的政治思想和制度。春秋至战国，礼崩乐坏，处士横议，兼并战争，连年不断，造成巨大的破坏，这样的政治形势不能不影响到思想史的进展。儒家传至荀子，道家传至慎到，皆有类似法家的主张，荀卿的学生中，韩非和李斯这样的思想家兼谋士，于是应运而生。常乃惪《中国思想小史》中说：

> 法家是最后出的。他的酝酿已在战国中叶，真正成立更在战国末年。各家学说到了演进到最高程度以后，已经都有接近法家思想的可能。如同儒家的荀卿，道家的慎到，就都有类似法家之处。到韩非出来，法家的思想才算大成。法家的思想中心是甚么呢？就是以人胜天的进化主义。他们不像儒家崇拜什么古先，他们也不像墨家信仰什么天意，他们更不像道家主张甚么自然放任，他们是最进步的，最彻底的。他们根本不信任什么人性善的理想之谈，他们以为只有法律才可以范围人性的恶点，促进社会的进步。他们是人本主义者，也是进化主义者。[2]

常乃惪于法家如此称扬，简直目其为时代英雄，令人想起"文革"后期的儒法斗争论述。不过常乃惪的书出版于一九二八年，至一九七〇年代已湮没无闻，否则会成为法家资料编选者的难得之物。

---

[1] 牧惠：《歪批水浒》，群言出版社1993年版，第200页。
[2] 常乃惪：《中国的文化和思想》，中华书局2012年版，第208页。

常乃惪这话有两个错误。法家的"法",并非法律的"法",虽然同一汉字,意思差得很远。周策纵认为"法家"的英文,不能译作Legalist,而应译为Powerist,是准确的。如果以西方思想家作比的话,他近似马基雅维利,而与孟德斯鸠无涉。

韩非继承了早期法家商鞅一派的注重"法",申不害一派的注重"术",慎到一派的注重"势",三者并重,组成所谓"帝王之具",其核心不是"法"而是"术"——人主驭臣之术。韩非是公开的君权至上论者、赤裸裸的功利主义者,他甚至认为,父母和子女之间也是利害关系的结合:"父母之于子也,犹用计算之心以相待也,而况无父母之泽乎",司马迁说他"引绳墨,切事情,明是非,其极惨礅少恩",可谓识者之言。

常氏所谓韩非子的"人本主义",也系无稽之谈。韩非子是君主本位主义者,君主的一人之贵,建立在天下人皆贱的基础之上。王权主义之下,普天下之人,没有也不可能取得人的地位,对于这一点,韩非子从不讳言。"遣贤去知,治之术也","国者,君之车也;势者,君之马也。无术以御之,身虽劳尤不免乱;有术以御之,身处佚乐之地,又致帝王之功也"。在法家的政治路线之下,君主只需要两类人,农民和士兵,"儒以文乱法,侠以武犯禁",皆在消灭之列。直接以赏罚号令民众,不庆赏不畏罚者诛。秦始皇大一统政权的建立,是韩非子理论将法术势集于一身的君王掌握了群众取得的成果。秦王朝虽然传至二世而亡,但后来的汉唐明清,无一不承继秦的衣钵。奖励耕战,重农抑商,是历朝历代的立国之本。对于读书人,则分化瓦解,一边开科举诱之以富贵利禄,一边严文禁甚至兴文字狱使异端思想无立锥之地。《韩非子·主道》中有云:

> 明君无为于上,群臣竦惧乎下。明君之道,使智者尽其虑,而君因以断事,故君不穷于智;贤者敕其材,君因而任之,故君不穷于能;有功则君有其贤,有过则臣任其罪,故君不穷于名。

是故不贤而为贤者师，不智而为智者正，臣有其劳，君有其成功，此之谓贤主之经也。[1]

君人南面之术，能有过于此乎？周勋初说："后起的各朝各代的统治者，表面上虽然都尊崇儒家，用仁义礼教治国，对法家的学说加以贬斥，实际上却总是采取'外儒内法'的措施，软硬两手交替使用，来巩固他们的统治。"[2]所以法家的名声一直很坏，但这并不表明历代统治者真的不喜欢法家的那一套法术势。上黄老，下申韩，杂王霸，方可以言治国。韩非是中国历史上唯一一个从理论上既否定亲亲又反对尚贤的人。

作为君权本位主义，韩非子可以说是中国的极右理论之大成者，在历史上延续了两千多年的专制王权，是这一理论的实践。秦始皇之后的中国政治，治乱循环，朝代更迭，所谓分久必合，合久必分，江山频繁易主，但作为王权主义的统治框架，没有动摇过。若不是西方的坚船利炮打开了清帝国大门，家天下不知要传多少代。这印证了黑格尔在其《法哲学原理》中的论断："中国的历史从本质上看是没有历史的，它只是君主覆灭的一再重复而已。任何进步都不可能从中产生。"

开到荼蘼花事了。毛泽东有诗"祖龙已死魂犹在，孔学名高实秕糠"。王权主义是两千多年的制度，中国的人文思想是这一制度的附属或衍生物。西方的人文思想从开始就是专制主义的对立面，中国的人文思想从来不是，它在专制主义的缝隙中生长起来的，因此其形态差异较大。孟子升格运动，实际是中国的人文思想成熟的明显的标志。这一趋势，也可称之为中国思想史上的千年"左"倾，仿佛为了平衡那个极右的政治制度框架，所有的人文思潮，无例外地选择了"左"倾。它不同于西方的人本主义，只能视作广义的人文主义，在

---

[1] 马银琴：《韩非子正宗》，华夏出版社2014年版，第24页。
[2] 傅杰选编：《韩非子二十讲》，华夏出版社2008年版，第54页。

王权主义的前提下争取做人的权利和尊严，直接说是做孝子忠臣的权利。鲁迅说中国历史上共有两个时代——"做稳了奴隶的时代"和"做奴隶而不得的时代"，一针见血。所谓王权下的中国人文主义思潮，有三个要点，一是民本主义，二是修己成圣，三是大同理想。荀学不张，孟学独秀的原因，在于左右的平衡上。表面上看，儒门在唐以后千年不读荀子，《孟子》列入《四书》而得到极大的弘扬。但实际上右倾的荀学所开出的极右法家韩非子的理论，一刻也没有离开过现实政治的权力斗争，大家行而不言，心知肚明。韩非子明确说过法宜显而术宜隐。他本人虽在秦始皇统一中国之前被李斯构陷，自杀于狱中，但在有秦一代，是被称为圣人的，其事见之于《史记·李斯列传》。后来他的地位每况愈下，不仅做不成圣人，连"韩子"的惯称也被唐朝的韩愈用了去。就此而言，中国历史上的左右之别，大约是理想主义者和现实主义者的分别，许多情况下，是空想主义和务实主义的分别，以儒法两条路线斗争称之，未尝不是一种办法。但是诸如贾谊、晁错、王充、曹操、刘知几、柳宗元、王安石甚至李卓吾、王夫之，皆被贴上法家的标签，是颇为勉强的。王充和李卓吾的人选，因其几句批孔的言论，而柳宗元和王夫之，则是说过几句秦始皇的好话使然。这样不顾其人的完整思想和学说，也不考量其于思想史和学术史中的地位和前后关联，恐怕很难称之为严肃的学术观点了。倒不如以左右两种思潮的消长去看待中国历史，或许线索更为清晰一些。

"权利"是一个外来词，有 right、entitlement、title、droit 等，主要是 right 的对等词。"权力"的英文对应词，通常是 power、authority、might、influence、potency。权力和权利，在汉语中词根和读音相同，容易混淆，在英文中权利和右同是 right，右派通常译作 Rightist。

权力是情境性的，而权利是普遍的和抽象的。权利的超越情境性，凸显的是人在价值层面上的绝对性。对于主体自主性的这种目的论意义上的肯定，是近代欧洲的一个最伟大的发明，也是中国文化中陌生的事物。但是把人当作目的而非手段或者工具，无论从中国文化，还是从中国人本身，皆不难推断。

"权"的本意是秤锤，后引为称量。《孟子梁惠王上》曰："权，然后知轻重。"再引申为权力、势力，掌握、控制。《汉书刘向传》云："夫大臣操权柄，持国政，未有不为害者也。"《汉书吕后本纪》曰："诸吕权兵关中，欲危刘氏而自立。"有权力而居高位的人，叫权右。草木萌芽新生叫"权舆"，《大戴礼记》有："于时冰泮发蛰，百草权舆。"春回大地，万物复苏，这是得自于自然的权舆——权利。每一种生物皆有生存的权利，保持自身完整和一致的权利，汉语思想于自然权利的肯定，在"权舆"一词中表达得直观，不容置疑。当初若用"权舆"来翻译rights，省却了多少麻烦，在读音上也避免与"权力"混淆。

《布莱克维尔政治学百科全书》中的"权利"（rights）词条这样陈述："在政治哲学中，权利这一术语主要有三种使用方式：（1）描述一种制度安排，其中利益得到法律的保护，选择受到法律效力的保障，商品和机遇在有保障的基础上供给个人。（2）表达一种正当合理的要求，即上述制度安排应该建立并得到维护和尊重。（3）表现这个要求的一种特定的正当理由即一种基本的道德原则。该原则赋予诸如平等、自主或道德力等某些基本的个人价值以重要意义。"[1]

二

孔子之后，儒门分裂，孟子为左派，荀子为右派。唐以后的孟子升格运动，可以看作官方意识形态的千年"左"倾。为什么会这样，也许政治框架上的右倾（亲亲—世袭王权）需要平衡。亲亲倘若少了尚贤的辅佐，是难以延续的。千年"左"倾，倒维持了这极右的框架，而非促其崩溃。宋学义理之发展，整体而言是向左的，属孟子

---

[1] 戴维·米勒、韦农·波格丹诺编：《布莱克维尔政治学百科全书》，中国政法大学出版社1992年版，第661页。

一路。就内部的分化看，道问学和尊德性几乎同时登场。程朱理学偏右，陆王心学偏左，他们共同的宗旨，皆是道德主义指向。戴震曾批评程朱"详于论敬，而略于论学"，实际是他嫌朱熹在道问学的思路上走得还不够远，未能彻底。胡适说，"这九个字的控诉是向来没有人敢提起的。也只有清朝学问极盛的时代可以产生这样大胆的控诉。陆王嫌程朱论学太多，而戴氏却嫌他们论学太略！"[1]

德性之知和闻见之知的分别，义理之性和气质之性的分别，是宋儒立论的关键。这一哲学上的二元论，势必发展成天理和人欲的对立，存天理灭人欲与原始儒家的现世主义情怀已经相去甚远，倒是与释道二教的出世之旨相契，从孔孟立场上来看，不得不说这是旁门左道。官方的儒家意识形态走到这一步，除了义理上的内在逻辑外，还有一个世袭王权的专制主义框架的限定。既然高高在上的天子无限遂其私欲，普天下之人，便只有克己奉公这一条路可走了。有什么样的政治权力格局，便有什么样的人性理论，这是悲哀的，确是事实。

牟宗三认为，五代之后，宋人道德意识的觉醒，使他们创立了"新儒学"。"内圣外王"的真正含义，并不是一个人通过修己达到内圣之后，获得君临天下的权柄，实现治人的理想。这是逻辑上应有之事，事实则不然。修己是以治心为本，礼义廉耻，温良恭俭让，外部道德约束，变成了人的内在素质，犯上作乱之心已然降服，内圣的目的就达到了，这时外王事实上已经实现，不是自己去王天下，而是以顺民的方式帮助至少是接受别人王天下。帮忙可成为儒者，帮闲可称之道家，进取有庙堂富贵可期，退守亦有林泉高致可享，进退失据者还有清贫可守，君子固穷，小人穷斯滥矣。孟子昔日有恒产恒心之辨，中国社会自宋以后的一千馀年的稳定和巩固，所依赖者正是此恒心，也可称其为读书人的清高——穷且不坠青云之志，这恒心之中，自然包含以科举求取富贵的功利之心，世俗之念，但究其实质，乃是

[1] 胡适：《戴东原的哲学》，上海商务印书馆1927年版，第81页。

以君子自守的道德主义。经过上千年的风雨侵蚀，改朝换代，异族入主的剧变，始终没有崩溃，尽管日益衰微，但直至清末，仍能够维系世道人心。以道佐人主，读书人可称之为中国历史中的千年老左。所谓士的传统，也可以说成是佐（左）的传统。政治秩序被刻意道德化，纲常伦理掩盖了赤裸裸的权力关系，新儒学说白了，只是为臣之学，为子之学，妾妇之道。孟子一再升格，孟子之徒一再降格。

左右的差异，开始也许不过是气质上的不同。孟子喜欢讲浩然之气，"大而化之之谓圣"，讲天降大任，区分天爵人爵，辨别恒产恒心，向往大同，很有点鲁迅"掊物质而张灵明"的味道。荀子主张"以利为本"，法后王，语语平实，但务修己治人，不求高远，心仪小康。隆礼乐而贬诗书，主张"圣人不求知天"。孟子基于道德的热情，相比之下，荀子却表现出某种求知的热情。

"荀子著作的突出之处，正在于试图通过一种人们可能接受的、灵活且现实的论说方式来文饰'道'，使之可亲可信，从而促使他们依循'道'。"[1]荀子说"学恶乎始？恶乎终？曰：其数，则始乎诵经，终乎读礼；其义，则始乎为士，终乎为圣人"（《劝学》）。如果说孟子是仁者的话，荀子可以称之为智者。

对于性之善恶，孟子和荀子的看法正相反对。章太炎说："孟子由诗入，荀子由礼入。诗以道性情，故云人性本善；礼以立节制，故云人性本恶。又，孟子邹人，邹鲁之间，儒者所居，人习礼让，所见无非善人，故云性善；荀子赵人，燕赵之俗，杯酒失意，白刃相仇，人习凶暴，所见无非恶人，故云性恶。"[2]

道德的传统，由于宋学千年的讲求光芒万丈，使人无处藏身，逃避它的影响是不现实的。求知的传统，却从起始就曲折隐晦。但是它像暗河一样奔腾于地下，至清代流露地表，突出的人物是戴震和章学

---

[1] 陈文洁：《荀子才辩说》，华夏出版社2008年版，第16页。
[2] 诸祖耿等记录：《章太炎国学讲演录》，中华书局2013年版，第242页。

诚。戴震出于程朱道问学的思路，却把它走到了底，可以说是儒家智识主义的完成；章学诚上承陆王，但他把王阳明的德性之良知，改造为智性之良知，以史学取代理学，与戴震的经学会合，他们成为中国十八世纪两位最伟大的思想家。可惜他们的重要性，还未被充分认识。追根溯源，戴震、章学诚的传统可以在荀子那里找到某种契合，但把荀学视作道问学的知识形态，却不尽符合事实。因为荀子从未脱离内圣外王之道而言求知。

通过知识的进步推动历史，还是通过道德的进步推动历史，在这个问题上，千年以来的中国文化毫无例外地选择了后者。走不通的时候，他们只认为道德主义行得还不够，从未考虑过改弦更张。直至今日，知识谱系之细针密缕的考索，论证充分的理性选择，很容易让位于道德热情的简单提倡和狂热投身。或许只有智识主义的胜利，才意味着社会的进步。

今天知识界右倾的人，似乎开口便是波普尔、海耶克、以赛亚·伯林，自由、人权、宪政这些外来的知识谱系，似乎未经考虑过如何与中国本土的思想资源融合，使其主张的价值在中国文化中扎下根来。本是争取自身做人的权利、切实的自由，结果被弄成了崇洋媚外全盘西化，很容易把左右之争，转化为中西之争，实际上在争论中已将真正的问题丢掉了，最后变成了义气之争。究其本原，还在于国人长期养成的思维习惯，容易从善恶上打量，而欠缺从是非上考虑。照理说，在这样一个教育普及的时代，几乎人人曾接受长期的求知训练，却普遍没有培养出独立思考的能力，遇事需要判断时，仍以幼稚的道德热情应对。世人知孟子而不知荀子，荀子既然被遮蔽了两千年，昭雪也不是朝夕之功可以奏效。

宋明之学一意尊孟，明显左倾，在宋明理学内部，道问学的程朱偏右；尤其是朱熹，求知的倾向和热情，在他身上甚至超过了荀子。尊德性的陆王为左，由宋及明，心学战胜理学，历史再此左倾。阳明后学之中，王艮开创的王学左派，是势力和影响最大的一支。

伊川讲致知，但尚徘徊于内外心物之间，到了朱子，断然主张向外寻索，自格物穷理而一转为信古人、读古书。而所选之古书，又是前人所不重视的。《大学》《论语》《中庸》《孟子》，正是朱子首次将它们编在一起，而且为之作注，认为是他一生最重要的著作。一三一三年元仁宗发布命令，以"四书"为科举考试的主科，朱注本为标准，明清袭之，直到一九○五年废科举兴学校为止。延续千年的"五经时代"由于朱子的这一扭转，而进入"四书时代"。

朱熹的求知热情，服务于他的道德热情，由于气质的缘故，他偏右一点，却置身于孟子——新儒家这一左的传统之中。他自己也承认，儒家之道从来没有实行过："千五百年之间，尧、舜、三王、周公、孔子所传之道，未尝一日得行于天地之间也。"但他坚持认为，"只是此个，自是亘古亘今常在不灭之物。虽千五百年被人作坏，终殄灭他不得耳"。

牟宗三说："至宋儒，始把儒家原有的真精神弘扬提炼出来，而成为一纯粹的'内圣'宗教。就社会阶层而言，它是一纯粹'士'的宗教，士即士农工商之士。如作进一步规定，不可说士的宗教，而说'人的德行完成之教'，简称'成德之教'，成德便须作内圣的工夫，所以又可称为'内圣之教'。这都是就外部地言之，若是内部地言其义理之内容，那便是'天道性命相贯通'之教。"[1]

"天道性命相贯通"，意味着如下四条信念：1. 道外无性，性外无道。2. 道外无物，物外无道。3. 心即是理，心外无理。4. 无心外之物，无物外之心。

这与今天受过求知训练的普通人的信念相去甚远。

在王学内部，偏左的泰州学派影响最大，王艮、颜山农、何心隐、李卓吾，被稽文甫称之为王学左派。明朝亡国后，顾、黄、王三大儒对于明末的林下之风极其反感，以经世致用的实学究其偏，

---

[1] 牟宗三：《宋明儒学的问题与发展》，华东师范大学出版社2004年版，第11页。

求知的趋势有所强化，但孟子一派的势头仍然不可遏止。乾嘉学派的小学训练，逐渐让学者冷静下来，造就了他们更加严密的逻辑性和分析的头脑。钱穆认为，戴震"虽依孟子道性善，而其言时近荀子"。说其言近荀子，不若说这一求知的指向，与荀学的复兴相关。康有为、谭嗣同、夏曾佑、梁启超等人，在近代掀起排荀运动，当是宋学的最后一个浪头。后来的新儒家，熊十力和他的弟子牟宗三，依然沉湎于宋学的义理中不能自拔。冯友兰的《新理学》及《贞元六书》，自觉地承袭宋学之馀绪。冯友兰钟情理学推崇朱子，牟宗三钟情心学看重阳明。

三

相比较而言，北宋的君臣关系在中国历史上大概是最好的。皇帝个人的修养和文官系统的修养，在中国所有的朝代中最高，文章太守，诗人宰相，画家皇帝，数代风流。但北宋的结局惨烈，都城被攻陷，两帝被俘，公主嫔妃被掳，客死异乡。据说北宋的GDP占当时全球的百分之六十，开封沦陷的那个冬天，百年不遇的严寒天气，城中居民无以取暖，皇宫大内的桌椅，御花园内的珍贵花木，悉数燃尽。南渡之后的悲声，至今还留在纸上。

张载《西铭》中的"民胞物与"精神，反映出这种君臣上下亲如一家的和谐气氛："大君者，吾父母宗子，其大臣，宗子之家相也。尊高年，所以长其长。慈孤弱，所以幼其幼。圣其合德，贤其秀也。凡天下疲癃残疾，茕独鳏寡，皆吾兄弟之颠连而无告者也。"

钱穆说，宋初诸儒，其议论识见，精神意气，有跨汉唐而上追先秦之概。周濂溪以下，转趋精微，遂为宋明理学开山。"转趋精微"，此四字重要，为学之道，粗枝大叶是不行的。

明道和伊川性情不同，前者温粹，后者严毅，钱穆认为："若论宇宙本体万物原始，形而上学方面，二程似无积极贡献，大体思路，不出濂溪、百源、横渠三家之范围。二程卓绝处，在其讨论人生修养工夫。若以周、邵、张三家拟之佛教大乘空、有二宗，则二程乃台、贤、禅诸家也。"[1] 说"存天理，去人欲"[2]，"饿死事极小，失节事极大"者，伊川也。朱熹虽然从伊川出，但对于他的严厉有所缓和。他认为"饮食者，天理也；要求美味，人欲也"。朱熹在引用二程文字时，基本上不分别明道和伊川，一律以"程子曰"出之，但后世普遍认为他继承小程子的衣钵。

程颢最为人所知的两句话，一句是"天地之常，以其心普万物而无心；圣人之常，以其情顺万事而无情"。另一句是"'穷理尽性以至于命'，三事一时并了，元无次序，不可将穷理作知之事。若实穷得理，即性命亦可了"。因他认为"己之心无异圣人之心，广大无垠，万善具备。欲传圣人之道，扩充此心耳"。他的哲学，被方东美归结为"有机主义"，而到了程颐那里，到底是一元论的理性主义，还是二元论的理性主义，就有些无从定论了。他在逻辑上的混乱，使方东美只好以"人学的本体论"称之。

整个宋代新儒家，普遍拙于逻辑，这还不是与西方哲学家严密的体系、清晰的概念相较，即使与庄子、列子、墨子、公孙龙子和荀子、韩非这些先秦诸子相比，与其后的顾、黄、王、颜元、戴震、焦循相比，也同样显露了其心智上的糊涂。

孟子本来说尽心知性，尽性知天，到了程颐那里，还是同样一句"穷理尽性以至于命"，理解的方向却发生了改变。孟子尽心是使人求诸内，伊川穷理则使人求诸外。与明道不同，伊川终生不读老庄，以纯粹的儒家圣人立场自守。年轻的时候，二程兄弟随父拜访佛寺，大

---

[1] 钱穆：《中国学术思想史论丛》卷五，安徽教育出版社2004年版，第110页。

[2] 《古文尚书·大禹谟》有"人心惟危，道心惟微，惟精惟一，允执厥中"的所谓"十六字心传"，程颐对它的解释是，"人心私欲，故危殆。道心天理，故精微。灭私欲则天理明矣"。朱熹的解释有所不同，"虽上智不能无人心，虽下愚不能无道心"。王阳明说得更为直截了当，"人心之得其正者即道心，道心之失其正者即人心，初非有二心也"。

程与大群好友相伴入门，而小程独自由左门而入，未曾被人注意。程颐曾以布衣的身份做过哲宗皇帝的老师，这位太子因折断御花园中的柳枝受到他的严厉责备。朝廷中的一名官员请他参加聚会，品茶赏画，这在北宋乃一时雅尚；他不仅拒绝且断然宣布："某平生不啜茶，亦不识画。"即使在生计艰难之时，他亦多次拒绝朋友馈赠，其道德之严峻至于此，清人评价说："宋儒先生律己甚严，自处甚高，待人则失之不恕。"[1]

清代考据家惠栋的父亲惠士奇自题其斋联曰："六经尊服郑，百行法程朱。"服虔、郑玄代表汉学，二程、朱熹昭示宋学，他服膺于宋学的，并非其义理之学，而是他们的道德品行。相传邵雍临终前伊川向他问道，康节举两手张而示之，伊川不解，康节乃曰："面前路径须令宽，路窄时自身且无所著，何能使人行？"

伊川对于"闻见之知"和"德性之知"的区分，来自于张载，黄宗羲分别以"丽物之知"和"湛然之知"称之。他曾明确说过，"德性之知，不假闻见"。

朱熹学于延平、李侗，得洛学之正传，尤其于小程子真意而有所发展。钱穆说："盖朱子信心甚强，于《四子书》尤毕心尽力，遂以信古者为自信，熔铸众说，汇为一炉。言其气魄之远大，议论之高广，组织之圆密，不徒上掩北宋，盖自孔子以来，好古博学，殆无其比。而又能以平实浅近之途辙，开示来学，使人日孜孜若为可几及。于是天下向风，而宋学遂达登峰造极之点。"[2]

朱熹曾说："格物是梦觉关，诚意是善恶关。""致知、诚意，是凡圣界分关隘。未过此关，虽有小善，犹是黑中之白；已过此关，虽有小过，亦是白中之黑。过得此关，正好著力进步也。"（《朱子语类》

---

[1] 沈垚：《与许海樵书》，《落帆楼文集》，吴兴刘氏嘉业堂刊本。
[2] 钱穆：《国学概论》，商务印书馆1997年版，第223页。

卷十五）[1]

"未有天地之先，毕竟也只是理。""今之学者，自是不知为学之要。只要穷得这道理，便是天理。虽圣人不作，这天理自在天地间。天高地下，万物散珠，流而不息，合同而化，天地间只这个道理，流行周遍，不应说道圣人不言，这道理便不在。这道理自是长在天地间，只借圣人来说一遍过。且如易，只是一个阴阳之理而已，伏羲始画，只是画此理，文王、孔子，皆是发明此理。吉凶悔吝，亦是从此推出。"[2]（《语类》卷九）

"人之所以为学者，心与理而已。心虽主乎一身而实管乎天下之理，理虽散在万事，而实不外乎一人之心。"对于朱子的这句话，王阳明评论说："是其一分一合之间，而未免已启学者心理为二之弊。"[3]

"天地之性"与"气质之性"的二分，亦源于张载，经过二程的发挥，在朱熹那里完成。至此，理学的道德人性论算是确立起来。

朱子有言："讲学不厌其详。凡天下事物之理，方册圣贤之言，皆须仔细反复究竟。至于持守，则无许多事。"

朱陆的差别，可以溯至二程，象山以为"伊川蔽锢深，明道却疏通"，象山之说，近于明道，晦庵则近伊川。象山的学问无所师承，自谓读孟子而自有心得。象山曰："心即理也，此心此理，不容有二。""尧舜曾读何书来？若某则不识一个字，亦须还我堂堂地做个人。"

鹅湖之会，论及教人，元晦之意，欲令人泛观博览，而后归之约；二陆之意，欲先发明人之本心而后使之博览。朱以陆之教人为太简，陆以朱之教人为支离。《宋史》把程朱列入《道学传》，而陆象山

---

[1] 黎德清编：《朱子语类》第1册，王星贤点校，中华书局1986年版，第299页。
[2] 同上，第156页。
[3] 王阳明：《传习录》，江苏古籍出版社2001年版，第128页。

却不入《道学传》，而列入《儒林传》。牟宗三认为朱子是"别子为宗"。为什么这样说，因为"传统儒学以道德为'第一义'，认知精神始终被压抑得不能自由畅发"[1]。陆象山质问朱熹："既不知尊德性，焉有所谓道问学？"朱熹无法回答，因为他自己也承认德性之知，不假闻见。六百年后戴震反唇相讥说："然舍夫道问学，则恶可命之尊德性乎？"戴震已经拒绝把知识区分为德性之知和闻见之知，基于理气一元论的哲学立场，明确提出了"德性资于学问"的命题。

四

明朝甫一开国，政治气氛与赵宋全然不同。朱元璋废宰相，诛大臣。朱棣擅权，杀方孝孺，族灭其门。以章太炎的话来说，善进化，恶亦进化。终明一朝，君臣关系始终糟糕，起码的信任没有建立。张居正的改革，依靠万历皇帝年幼易控，他本人曾是万历的老师，他的反对派也一直指责他僭越。十年权倾朝野的代价乃是人亡政息，殁后鞭尸。而万历和群臣之间，也始终相处不好。在立储君的问题上分歧过大，彼此不让，皇帝怠政，二十年不上朝，专制王权走到这一步，可以说已到穷途末路。崇祯皇帝的最后十七年里，雄心勃勃想重振朝纲，怎奈为人刚愎自用，疑心太重，在权术势之间不能驾驭，诛杀守疆之臣。

王阳明不同于宋代的理学家，在事功上曾颇有一番作为。但他却不以为意，常说破山中贼易，破心中贼难。学问上阳明承象山而进，更归于切实。章太炎说："王学岂有他长，亦曰自尊无畏而已。"有意味的是，德国的马丁·路德于一五一七年发表了他的《九十五条论

---

[1] 余英时：《论戴震与章学诚》，生活·读书·新知三联书店2000年版，第7页。余英时深信，现代儒学如果经不起严格的知识考验，则它所维护的其他许多价值是否能发挥实际的作用，恐怕将是一个很大的疑问。因此，现代儒学的新机运只有向它的"道问学"的旧传统中去寻求才有着落。

纲》，其中的四十一条遭到教皇的谴责，他执意批判教会的正统神学，开启了宗教改革的大幕；一五一八年王阳明出版了他的《传习录》，差不多以同样的勇气和锋芒批判朱子代表的正统儒学，在士大夫和平民之中"震霆起寐，烈耀破迷"，一时间人人师心自用，猖狂妄行，思想解放运动持续了一百五十年，由于明朝的覆亡而终止。

在嵇文甫看来，王阳明的确是五百年来中国思想史上最伟大的开创性人物。

"盖天地万物，与人原是一体，其发窍最精处，是人心一点灵明。雨露风雷，禽兽草木，山川土石，与人原只一体。"（《传习录》下）一般人因为有间于形骸之私，强分你我，自小自限，而无法完逐万物一体之情，只有所谓"大人"，才能致良知，无间于形骸之私，无分于物我内外，做到公是非，同好恶，视人犹己，视国如家，以天下为一人。

阳明的四句教是："无善无恶心之体，有善有恶意之动。知善知恶是良知，为善去恶是格物。"据他的弟子王龙溪记载："若说心体是无善无恶，意亦是无善无恶的意，知亦是无善无恶的知，物亦是无善无恶的物矣。若说意有善恶，毕竟心体还有善恶在。"

王龙溪的《天泉证道记》中记载了王阳明的话："吾教法原有此两种。四无之说，为上根人立教；四有之说，为中根以下人立教。上根之人，悟得无善无恶心体，便从无处立根基。意与知物，皆从无生。一了百当，即本体便是工夫。易简直截，更无剩欠，顿悟之学也。中根以下之人，未尝悟得本体，未免在由善恶上立根基。心与知物，皆从有生。须用为善去恶工夫，随处对治，使之渐渐入悟。从有以归于无，复还本体，及其成功一也。"

阳明四句教，特别是四无之教，遭到后来学者的激烈抨击。顾宪成说："自古圣人教人，为善去恶而已。为善，为其固有也；去恶，去其本无也。本体如是，工夫如是，其致一而已矣。阳明岂不教人为善去恶？然既曰无善无恶，而又曰为善去恶，学者执其上一语，不得不忽其下一语也。何者？心之体，无善无恶，则凡所谓善与恶，皆非吾之所固有矣。"[1]黄宗羲于这一四无之教也批评得严厉："夫佛氏遗世累，专理会生死一事，无恶可去，并无善可为，止余真空性地，以显真觉，从此悟人，是为宗门。若吾儒日在世法中求性命，吾欲熏染，头出头没，于是而言无善恶，适为济恶之津梁耳。先生孜孜学道八十年，犹未讨归宿，不免沿门持钵。""至龙溪，直把良知作佛性看，悬空期个悟，终成玩弄光景，虽谓之操戈入室可也。"[2]显然，黄宗羲未能免于"文字障"，而混淆了存有论意义上的"有"和境界论意义上的"无"并不矛盾，从而误解了龙溪。彭国翔说："明代龙溪之后，大多学者要么不解无善无恶的实义，要么有见于晚明无善无恶之说非预期后果的流弊而从效果伦理的角度不取无善无恶之说以为道德实践的指导思想。"[3]

明末大儒刘宗周也有自己的四句教："有善有恶者心之动，好善恶恶者意之静。知善知恶者是良知，有善有恶者是物则。"

阳明的"知行合一"说很有名。他说："知之真切笃实处即是行，行之明觉精察处即是知。"（《答顾东桥书》）在这同一书信中，他有更详尽的阐释：

> 夫问思辨行皆所以为学，未有学而不行者也。如言学孝，则必服劳奉养，躬行孝道，然后谓之学。岂徒悬空口耳讲说而遂可以谓之学孝乎？学射则必张弓挟矢，引满中的；学书则必伸纸执笔，操觚染翰。尽天下之学，未有不行，而可以言学者。则学之始固已即是行矣。笃者，敦实笃厚之意。已行矣，而敦笃其行，不息其功之谓耳。盖学之不能无疑则有问，问即学也，即行也，又不能无疑则有思，思即学也，即行也；又不能无疑则有辨，辨即学也，即行也。辨既明矣，思既慎矣，问既审矣，学既能矣，

---

[1] 黄宗羲：《明儒学案》（修订本）下卷，沈芝盈点校，中华书局2008年版，第1396页。
[2] 黄宗羲：《明儒学案》（修订本）上卷，沈芝盈点校，中华书局2008年版，第9页。
[3] 彭国翔：《良知学的展开：王龙溪与中晚明的阳明学》，生活·读书·新知三联书店2005年版，第220页。

又从而不息其功焉，斯之谓笃行，非谓学问思辨之后始措之于行也。是故以求能其事而言谓之学，以求解其惑而言谓之问，以求通其说而言谓之思，以求精其察而言谓之辨，以求履其实而言谓之行。盖析其功而言则有五，合其事而言则一而已。[1]

黄宗羲在《明儒学案》中谈及王阳明，高度评价了他的开创之功：

先生承绝学于词章训诂之后，一反求诸心，而得其所性之觉，曰"良知"。因示人以求端用力之要，曰"致良知"。良知为知，见知不囿于闻见；致良知为行，见行不滞于方隅。即知即行，即心即物，即动即静，即体即用，即工夫即本体，即下即上，无之不一，以救学者支离眩鹜，务华而绝根之病可谓震霆启寐，烈耀破迷，自孔孟以来，未有若此之深切著明者也。[2]

从"道问学"向"尊德性"的转变，表明了从宋到明思想和风气的走向。道德上越来越严厉，主观独断之气越来越重，禅佛的味道越来越浓，走上了一条绝路——"无事袖手谈心性，临难一死报君恩"。孔子只是说君君臣臣父父子子，到这时却变成了君教臣死臣不得不死，父叫子亡子不得不亡。陆象山、王守仁何尝说过这话，但是"尊德性"，却极容易弄成"尊高位、尊权势"，中国向来有德尊、爵尊、齿尊的传统，一个人能占多少理，要看你处在什么位置上，皇帝以九五之尊，普天下之道理，皆是围绕他的。戴震说宋儒"以理杀人"，实际上到这里，"理"已经完全变成了"权"，真理和权力的暗通款曲，不必等到福柯出来揭发。戴震说："就事物言，非事物之外别有义理也；有物必有则，以其正其物，如是而已矣。"（《孟子字义

---

[1] 王阳明：《传习录》，江苏古籍出版社2001年版，第131页。
[2] 黄宗羲：《明儒学案》（修订本）上卷，沈芝盈点校，中华书局2008年版，第7页。

疏证》)在此，他将义理解作事物不易之则，属于认知的对象。戴震的目的，在于从杀人者手中，除却那义理之刀。人们攻击戴东原，并不与他论理，只说他在文章里称呼江永"吾乡老儒"，背师罪名便跟随他一生一世了。[1]连牟宗三这样的陆王传统的现代阐释者，在批评戴震的时候，也依旧引用他的老师熊十力的话，说东原"有聪明，而根器太薄"。假如我们问一问，何谓根器，太薄又是何意，便显见我们不仅不懂陆王，对于义理之学也是门外汉了。义理之学的反智识主义色彩，是牟宗三庞大的知识建构无法克服的先天不足。

余英时《论戴震与章学诚》认为："戴学在全部儒学系统中所占据的地位如何姑置不论，但从学术思想发展史的观点来说，它的基本倾向确是要把知识从传统的道德纠缠中解放出来。这是宋明以来儒家论知识问题所从未达到过的新境界。"[2]

五

焦里堂曾经说："紫阳之学，所以教天下之君子；阳明之学，所以教天下之小人。"这可以见出为学的普及，已经由宋朝的君子好学，发展到明朝连小人也知道上进，社会进步是不容否认的。早在春秋，孔子开办私学，是那个年代的一个特例，及门三千，贤者七十二人，也仍然是精英教育。明朝书院众多，讲学普及规模宏大，下层民众农夫、樵夫皆是听讲的人，盐丁出身的王艮所开创的泰州学派，把这一平民主义的教育推进到一个很高的水平。阳明之学，本来就是愚夫愚妇皆可以了然的。他曾说："与愚夫愚妇同的，是谓同德；与愚夫愚

---

[1] 据杨应芹考证，戴震初见江永在乾隆十八年癸酉，戴震三十岁时，其交谊在师友之间。段玉裁所作《东原年谱》将这一时间提前了十一年，戴震师事江永遂成铁案，背师的罪名亦由此出。见《东原文集》（增编）之附录《段注东原年谱订补》，黄山书社2008年版，第510页。

[2] 余英时：《论戴震与章学诚》，生活·读书·新知三联书店2000年版，第33页。

妇异的，是谓异端。"[1]

王艮（一四八三至一五四〇），字汝止，泰州人，号心斋，本为盐丁，拜王阳明为师前，有所悟道。弟子李春芳说"先生之学，始于笃行，终于心悟"。他倡言"天理者，天然自有之理也，才欲安排如何，便是人欲"。主张"吾身为天地万物之本"，确立所谓"淮南格物论"，认为"吾身犹矩，天下国家犹方，天下国家不方，还是吾身不方"。从"尊身""保身"出发建立自己的为学次第，主张"百姓日用即道"，具有强烈的平民主义色彩。

嵇文甫说："泰州学派是王学的极左派。王学的自由解放精神，王学的狂者精神，到泰州学派才发挥尽致。这个学派由王心斋发其端，中经徐波石、颜山农、何心隐、罗近溪、周海门、陶石篑等，发皇光大，一代胜似一代。"[2]

据袁承业编《名儒王心斋先生弟子师承表》，泰州学派学脉主要有五传，计四百八十七人，可说是从者如云，极一时之盛。

由王艮开创的泰州学派，完成了由朱子理学——阳明心学——身学的转变：

> 先生曰："圣人以道济天下，是至重者道也。人能弘道，是至重者身也。道重则身重，身重则道重。故学也者，所以学为师也，学为长也，学为君也。以天地万物依于身，不以身依于天地万物，舍此皆妾妇之道。"圣人复起，不易斯言。
>
> 徐子直问曰："何哉夫子之所谓尊身也？"曰："身与道原是一件，至尊者此道，至尊者此身。尊身不尊道，不谓之尊身，尊道不尊身，不谓之尊道。须道尊身尊，才是至善。"[3]

---

[1] 王阳明：《传习录》，江苏古籍出版社2001年版，第286页。
[2] 嵇文甫：《嵇文甫文集》上卷，河南人民出版社1985年版，第429页。
[3] 黄宗羲：《明儒学案》（修订本）下卷，沈芝盈点校，中华书局2008年版，第711、716页。

王心斋之子王襞（东崖），九岁随王艮至会稽，游学于王守仁门下，曾师事王龙溪、钱德洪，遵父嘱"不事举子业"，终身不仕。其父死后，承其讲席，弟子众多：

> 吾人之学必造端夫妇之知与能，易知易从者学焉。及其至也，察乎天地，而不可强而入也。希天也者，希天之自然也。自然之谓道。天尊地卑，自然也，而乾坤定位矣。[1]

> 将议论讲说之间，规矩戒严之际，工焉而心日劳，勤焉而动日拙，忍欲希名而夸好善，持念藏秽而谓改过，据此为学，百虑交锢，血气靡宁。
>
> 天命之体夫岂难知，人之视听言动天然感应，不容私议。是则乾易坤简，此而非天将何委哉？特人不能即此无声无臭之真，深造而自得何也？昧其本然自有之性，牵缠于后儒支离之习。孟子曰："我固有之也，非由外铄我也。"今皆以铄我者目学，固有者为不足，何其背哉！[2]

王心斋弟子王栋曰："古人好善恶恶，皆在自己身上做工夫。今人好善恶恶，皆在人身上做障碍。""天生我师，崛起海滨，慨然独悟，直超孔孟，直指人心，然后愚夫俗子，不识一字之人，皆知自性自灵，自完自足，不暇闻见，不烦口耳，而二千年不传之消息，一朝复明。先师之功，可谓天高而地厚矣。"

罗近溪，《明儒学案》言他"先生之学，以赤子良心，不学不虑为的，以天地万物同体、彻形骸、忘物我为大。此理生生不息，不须把持，不须接续，当下浑沦顺适。工夫难得凑泊，即以不屑凑泊为工

---

[1] 王襞：《上道州周合川书》，《名儒王东崖先生遗集》卷一。
[2] 王襞：《语录遗略》，《名儒王东崖先生遗集》卷一。

夫，胸次茫无畔岸，便以不依畔岸为胸次，解缆放船，顺风张棹，无之非是"。

颜山农"制欲非体仁"的论断，从反面肯定了自然人性论。

李卓吾倾慕王龙溪、罗近溪，视泰州学派的狂士为英雄。虽"不曾四拜受业一个人以为师"，但经常被归入泰州学派，或者看作其精神血脉之传人。

李卓吾对士女谈道，专刻有《观音问》等书，传播其男女平等的思想，他说："谓人有男女则可，谓见有男女岂可乎？谓见有长短则可，谓男子之见尽长，女子之见尽短可乎？且彼为法来者，男子不如也。"

泰州学派最后得出的结论是"人欲即天理"。明代王世贞说："盖自东越（王阳明）之变为泰州（王艮），犹未至大坏；而泰州（王艮）之变为颜山农，则鱼肉烂，不可复支。"[1]

明朝的政治到了嘉靖之后，特别是万历一朝，一无可为，皇帝怠政二十年不上朝，官员结党营私，陷入无谓的争执中，泰州学派的门人寄希望于通过讲学来影响世道人心，是天真的想法："师道立，则善人多，善人多则朝廷正，而天下治矣。"（王襞语）这实在是迂腐极了。张居正的十年改革，使明朝的大厦在他身后苦撑了五十多载，终于崩溃。强人政治挽救不了大明江山，讲学当然更救不了它。"坑灰未冷山东乱，刘项原来不读书"，李自成、张献忠，岂是讲学可以劝善的。

农民起义在中国历史上屡见不鲜，但平民布衣治学讲学，致良知开宗立派，却是孔子以来没有过的。明朝嘉靖至万历年间，发生了开天辟地般的新生事物，可惜没兴盛到挽救明朝危亡命运的地步。皇帝刚愎自用，加之东林党争，而不是什么士人空谈心性，才是明朝覆亡的直接原因。泰州学派不仅开创者王艮系盐丁出身，弟子樵夫朱

---

[1] 王世贞：《嘉隆江湖大侠》，《弇州史料后集》卷三十五。

恕，陶匠韩乐吾，田夫夏叟，终身皆为下层，甚至底层。礼教到明朝，颇有些礼失求诸野的味道。以中国这样一个森严的等级社会，接近于喊出"道德平等""知识平等""男女平等""人格平等"等具有近代欧洲启蒙思想意味的口号了。还是章太炎那句话明白，王学岂有他长，自尊无畏而已。

王阳明的致良知之说，表面上看仍是道德主义取向，实际上为自然人性论铺平了道路。王龙溪曾说："先师良知之说，仿于孟子。不学不虑，乃天所为，自然之良知也。惟其自然之良，不待学虑，故爱亲敬兄，触机而发，神感神应。惟其触机而发，神感神应，然后为不学不虑，自然之良也。"[1]

六

顾炎武批评宋明大儒"舍多学而识以求一贯之方，置四海之困穷不言而终日讲危微精一之说"，他说："士而不先言耻，则为无本之人；非好古而多闻，则为空虚之学。以无本之人，而讲空虚之学，吾见其日从事于圣人，而去之弥远也。"[2]

自宋朝以来，儒者认为六经四书之外，更无所谓道者。如汤斌说过，"离经书而言道，此异端之所谓道也"。晚清诸儒却在义理之中，发现了先秦诸子的地位与价值。不仅倡言回到诸子，且大胆地还孔子和儒家诸子百家的地位，不复独尊于众学之上。荀子、墨子的复兴，与乾隆时代的汪中（一七四四至一七九四）的提倡有很大的关系。俞樾也曾大力倡导，章太炎受这一代风气的感染，更为明确地提出"惟诸子能起近人之废"，并将诸子视为"国学之原"。在一九〇〇年著成的《訄书》初刻本，首篇即为《尊荀第一》。他曾认为荀子、韩非之

---

[1] 吴震编校整理：《王畿集》，凤凰出版社2007年版，第137页。
[2] 《中国历代哲学文选·清代近代编》上册，中华书局1963年版，第48页。

言为不可易。也许由于这个缘故，他在二十世纪七十年代初被列入法家名单中。

章太炎说："中国学者之疑经，亦不始康氏也；非直不始康氏，亦不始东壁、申受、默深、于廷也。王充之《问孔》、刘知几之《惑经》、程氏之颠倒《大学》、元晦之不信《孝经》、王柏之删《毛诗》、蔡沈之削《书序》，是皆汉唐所奉为正经者，而悍然拉杂刊除之。其在后世，亦不餍人心。夫王、刘、蔡无论矣，程朱则以理学为捭阖者，方俯首鞠躬之不暇，不罪程朱，而独罪康氏，其偏枯不亦甚乎。"[1]

虽然章太炎讲过"清世理学之言，竭而无余华"，但事实上，理学在清代并没有结束。冯友兰《中国哲学史》认为，能讲出不同于前代的新义来的，不是宋学家，倒是汉学家："汉学家之贡献，在于对于宋明道学家之问题，能予以较不同的解答；对于宋明道学家所依据之经典，能予以较不同的解释。""故讲此时代之哲学，须在所谓汉学家中求之。"[2]

余英时《论戴震与章学诚》中说："如果我们坚持以'心性之学'为衡量儒学的标准，那么不但在清代两百多年间儒学已经僵化，即从秦汉到隋唐这一千余年中儒学也是一直停留在'死而不亡'的状态之中。相反地，如果我们对儒学采取一种广阔而动态的看法，则有清一代的'道问学'传统正可以代表儒学发展的最新面貌。尤其重要的是这个新的发展恰好为儒学从传统到现代的过渡提供了一个始点。"

"儒家'道问学'的潜流，经过清代两百多年的滋长，已凝成一个相当强固的认知传统。"

"依我个人的偏见，清儒所表现的'道问学'的精神确是儒学进程中一个崭新的阶段，其历史的意义决不在宋明理学的'尊德性'之下。"

---

[1] 姜玢编选：《革故鼎新的哲理：章太炎文选》，上海远东出版社1996年版，第26页。
[2] 冯友兰：《中国哲学史》下册，中华书局1961年版，第975页。

"我说清代思想史的中心意义在于儒家智识主义的兴起和发展，我所指的正是这种'道问学'的精神。"[1]

《名儒学案》的作者黄宗羲，是王学正统传人，经历了明朝的亡国之痛后，其思想有超越前贤处。值得注意的是，在其《明夷待访录》中，公然把批判的锋芒指向专制君主制度，在中国几千年思想史上，是前所未有的。其《原君》曰："以为天下利害之权皆出于我，我以天下之利尽归于己，以天下之害尽归于人，亦无不可；使天下之人不敢自私，不敢自利，以我之大私为天下之大公。……是以其未得之也，屠毒天下之肝脑，离散天下之子女，以博我一人之产业，曾不惨然。曰'我固为子孙创业也'。既得之也，敲剥天下之骨髓，离散天下之子女，以奉我一人之淫乐，视为当然。曰'此我产业之花息也'。然则为天下之大害者，君而已矣。"[2]鲁迅形象地将这一君权之欲，描述为天下之酒由我一人饮干。作为国家制度的君权，在中国已然崩溃百年，但作为人欲的君权，却无处不在，潜藏于许多道貌岸然者的意识和无意识深处，令其欲罢不能。

方东美称为"自然论类型新儒家"者，王夫之、颜元、戴震、焦循四人也。他还分别把他们命名为"功能主义自然论"、"实用主义自然论"和"形式主义自然论"。

船山之学，无闻于当世，船山之书，少量初版于作者死后十年，绝大多数著作，刊刻于作者写成的二百年之后。这位明朝遗民的思想，汇入到清末的变革思潮中，成为排满革命的有力的思想武器。他在薄薄的一册《思问录》中，有十分简明而深中时弊的话："用知不如用好学，用仁不如用力行，用勇不如用知耻。""见道义之重则外物为轻，故铢视轩冕，尘视金玉。""独知炯于众知，昼气清于夜气。""浊者不足以为清者病也，以浊者为病，则无往而不窒，无往而

[1]　余英时：《论戴震与章学诚》，生活·读书·新知三联书店2000年版，第7、8、355页。
[2]　《中国历代哲学文选》（清代近代编）上册，中华书局1963年版，第24页。

不疑，无往而不忧。"[1]《俟解》中有云："人之生理在生气之中，原自盎然充满，条达荣茂。伐而绝之，使不得以畅茂，而又不施以琢磨之功，任其顽质，则天然之美既丧，而人事又废，君子而野人，人而禽，胥此为之。""生污世处僻壤而又不免于贫贱，无高明俊伟之师友相与熏陶，抑不能不与恶俗人想见，其自处莫要于慎言。言之不慎，因彼所知而言之，因彼所言而言之，则将与俱化。""惟习气移人为不可复施斤削。"[2]

颜元在《上太仓陆桴亭先生书》中说："大旨明道不在诗书章句，学不在颖悟诵读，而期如孔门博文约礼，身实学之，身实习之，终身不懈者。"[3]他对于宋儒的批评是前所未有的，"去一分程朱，方见一分孔孟"。在他看来，老子之无，佛教之空，与新儒家之静，都是生命衰败的死亡之征兆。方东美说："颜元认为宋代新儒家对于天与人性之思考从最好的角度讲也只是一些游戏性的猜测，而从最坏的角度讲则都是捕风捉影而已。他们不过是玩了一场滥用理智的虚妄游戏。"[4]

在颜元身上，有某种墨子式的对于文化价值和艺术价值的极其粗暴的否定趋向，他称庄子为"人妖"，并且鼓吹"诗文书画，四者败坏天下人心"。

章太炎《与吴承仕论清代学术书》云："朴学稽之于古，而玄理验之于心。事虽繁赜，必寻其原，然后有会归也；理虽幽眇，必征诸实，然后无遁词也。以是为则，或上无戾于古先民，而下可以解末世之狂醒乎？"[5]对颜元来说，一切玄理皆等同于谎言，拿这样一个粗

[1] 王夫之：《思问录·俟解》，王伯祥点校，中书书局1956年版，第10页。
[2] 同上，第18页。
[3] 颜元：《习斋四存编》，上海古籍出版社2000年版，第86页。
[4] 方东美：《中国哲学之精神及其发展》，匡钊译，中州古籍出版社2009年版，第355页。
[5] 章太炎：《与吴承仕论清代学术书》，傅杰编：《章太炎学术史论集》，云南人民出版社2008年版，第419页。

糙的心去验，为学之道穷矣。

戴震治经学小学音韵训诂之学出身，乃乾嘉学派的重镇。他认为程朱对孟子的误解，源自字义理解上的错误，"形而上者谓之道，形而下者谓之器"，"天命之谓性，率性之谓道"，这两句话中的"谓之"和"之谓"，语义不同。若不经辨析而视之以同，难免有毫厘千里之误，戴震认为："经之至者，道也。所以明道者，其词也。所以成词者，字也。由字以通其词，由词以通其道，必有渐。"[1]换句话说，训诂是求道的必要手段，而明道则是训诂的最终目标。从这一角度看，戴震治学的方法是强调此一由近而远、由下而上的"渐进"秩序。以此渐进秩序作为基础，再辅之以"淹博""识断"与"精审"三项功夫，最后才是讲求戴震学方法论的最高境界——"贯通"。

胡适说："打倒程朱，只有一条路，就是从穷理致知的路上，超过程朱，用穷理致知的结果来反攻穷理致知的程朱。戴震用的就是这个法子。"[2]

章太炎说："震自幼为贾贩，转运千里，复具知民生隐曲，而上无一言之惠，故发愤著《原善》、《孟子字义疏证》，专务平恕，为臣民愬上天。明死于法可救，死于理即不可救。"其所以发愤著书者，有其个人生命之不可已于言也。梁启超《清代学术概论》认为："《疏证》一书，字字精粹，……综其内容，不外欲以'情感哲学'代'理性哲学'。……戴震盖确有见于此，其志愿确欲为中国文化转一新方向。其哲学之立脚点，真可称二千年一大翻案。其论尊卑顺逆一段，实以平等精神，作伦理学上一大革命。其斥宋儒之糅合儒佛，虽辞带含蓄，而意极严正，随处发挥科学家求真求是之精神，实三百年间最有价值之奇书也。"[3]

戴震《原善》云："饮食男女，生养之道也，天地之所以生生

---

[1] 丘为君：《戴震学的形成：知识论述在近代中国的诞生》，新星出版社2006年版，第36页。
[2] 胡适：《戴东原的哲学》，安徽教育出版社1999年版，第60页。
[3] 梁启超：《清代学术概论》，东方出版社1996年版，第39页。

也。……去生养之道者，贼道者也。细民得其欲，君子得其仁，遂己之欲，亦思遂人之欲，而仁不可胜用矣；快己之欲，忘人之欲，则私而不仁。"[1]

《孟子字义疏证》卷上有云："圣人治天下，体民之情，遂民之欲，而王道备。人知老庄、释氏异于圣人，闻其无欲之说，犹未之信也；于宋儒，则信以为同于圣人；理欲之分，人人能言之。故今之治人者，视古圣贤体民之情，遂民之欲，多出于鄙细隐曲，不措诸意，不足为怪；而及其责于礼也，不难举旷世之高节，著于义而罪之。尊者以理责卑，长者以理责幼，贵者以理责贱，虽失，谓之顺；卑者、幼者、贱者以理争之，虽得，谓之逆。于是下之人不能以天下之同情、天下所同欲达之于上；上以理责其下，而在下之罪，人人不胜指数。人死于法，犹有怜之者；死于理，其谁怜之？呜呼！杂乎老、释之言以为言，其祸甚于申韩如是也！"[2]

方东美说："我们在《原善》中找不到对于论战的兴趣，却可见一种自然论形而上学体系的构建，其完全不同于任何一种西方的同名学派，试图通过自然知识之能力而通达道德价值之本质。这是一种基于对来自《周易》《中庸》与孟子的心灵哲学的根本观念的消化吸收之上的宇宙论体系，蕴含着众多的价值、认识与道德。"[3]

章太炎、梁启超和胡适于戴震的相继论述，据说创生了一门新的学科——戴震学。丘为君说它意味着"知识论述在近代中国的诞生"，金观涛认为这一学科之中，具有现代意识的中国式自由主义心灵得以涌现，因为在戴震看来，任何普遍的规则，包括纲常名教，都只是名，唯有个体或者具体的陈述才是真实的。章太炎"个体为真，团体为幻"的信念，其来源除了佛教唯识学之外，有戴震的影响吗？

---

[1] 汤志钧校点：《戴震集》，上海古籍出版社1980年版，第347页。
[2] 同上，第275页。
[3] 方东美：《中国哲学之精神及其发展》，匡钊译，中州古籍出版社2009年版，第368页。

章太炎曰："至中国所以维持道德者，孔氏而前，或有尊天敬鬼之说，孔氏而后，儒道名法，变易万端，原其根极，惟依自不依他一语。汉世儒术盛行，人多自好，本无待他方宗教为之补苴。魏晋以后，风俗渐衰，不得不有资于佛说。然即莲社所谓净土者，亦多兼涉他宗，未尝专以念佛为事。三论继兴，禅宗、法相接踵而至，宗派虽异，要其依自则同。"[1]

人性论在中国的发展脉络大体如下：先秦时期：正德、利用、厚生的基本观念，不仅是社会的普遍信念，亦且行之有效。孔子性相近习相远的论述意味深长。宋儒开出新儒学，吸收释老二氏之玄理，倡导存天理灭人欲。伴随孟子升格运动，道德主义色彩日益浓重，程朱为其顶点，王学表面上看，比程朱更登峰造极，更加"左"倾，由君子学过渡到小人学，鼓励愚夫愚妇皆可以致良知，百姓日用即为道，由此开出自然人性论的新局面。到清代初期，三大儒顾炎武、黄宗羲、王夫之，俱有超出王学范围的贡献，特别是在戴震的著述中，儒家智识主义发展到高峰，一种中国本土的自然人性论，经过深思熟虑后体系完备，有很强的理论生命力。而章、梁、胡三者的推崇戴震，正根源于这一点。

七

戴震（一七二四至一七七七）与康德（一七二四至一八〇四）是同龄人，不及后者长寿。当康德撰写他"理性批判"三大著作时，戴震也在做他的"理学批判"。西方世界正在觉醒，而古老中国却昏昏欲睡，一两个清醒的头脑，不足以打破这梦境。《美国独立宣言》发表于戴震去世的前一年。狄德罗《百科全书》（三十五卷本）在这一年出版，欧洲的十八世纪因此而被称作"百科全书的世纪"。康德的

---

[1] 傅杰编：《章太炎学术史论集》，云南人民出版社2008年版，第114页。

影响，在当时不及法国"百科全书学派"，在西方哲学史上的地位则远过之。戴震一生的最后五年，应招到北京参与《四库全书》的编校工作，《百科全书》是某种创新，不仅创造新的知识，亦创造新的价值，《四库全书》偏重的是收集整理校勘古籍的工作。

一九二四年，梁启超发起戴震诞辰二百周年纪念活动，他称戴震的"去蔽"和"求是"两大主张"和近世的科学精神一致"。梁启超说："清之休宁，可比明之姚江。姚江出而举天下皆姚江学，即有他派，附庸而已；休宁亦然，乾嘉间休宁以外之学术，皆附庸也。"[1]戴震的思想于中国的重要性不亚于康德之于欧洲思想。可惜，中国社会没有把他的思想变成一种社会认可的价值，并用这一思想开启一项思想运动。戴震之后，世人讲义理仍尊程朱而不知有戴震。仅仅依靠学理本身获得传播是困难的，但二百年之后，形势已经大变。章太炎和鲁迅，是戴震之后这一思想脉络上最重要的两个人，"吾惧求理义者以意见当之，孰知民受其祸之所终极也哉！""仆生平论述最大者，为《孟子字义疏证》一书，此正人心之要。今人无论正邪，尽以意见误名之曰'理'，而祸斯民，故《疏证》不得不作。"[2]

　　　人具有自我同一之理，一方面能理解内在于客体事物的确定本质与关系性质，而易于形成必要的普遍有效法则；另一方面则理解到人性全部欲、情、才范围内所有独特各异的方面，将同情之道德洞见理解为代表一切道德之圆满的仁德。人沟通了自然秩序与道德秩序，乃是整个宇宙此两种秩序并具和谐之美的枢纽。我认为这是戴震所信以为真的、我们能从孔孟之处发现的天地之理性情调。[3]

---

［1］ 夏晓虹编：《中国现代学术经典·梁启超卷》，河北教育出版社1996年版，第108页。
［2］ 戴震：《孟子字义疏证》，中华书局1961年版，第186页。
［3］ 方东美：《中国哲学之精神及其发展》，匡钊译，中州古籍出版社2009年版，第364页。

戴震认为，这一关键被宋代新儒家特别是朱熹误解。康德以三大批判构筑的真善美知识体系和对于物自体的不可知的保留态度，在区分自然秩序和道德秩序这一点上，与戴震有相通之处。

中国的哲学和思想发展到戴震，终于清楚地绘出了道德主义的界限。认知的热情和道德的热情，在戴震这里得到了某种统一与综合，而呈现出知性的色彩。冯友兰直说他认为知识就是道德，虽显简略却有道理。他一生的义理论述，皆围绕着孟子而展开，但其条分缕析的方法，缜密的逻辑思维，体现出某种荀子气质。清儒和章太炎都有类似的感觉，章太炎说："长民者，辅万物之自然，而不敢为，稍欲割制，而去甚、去奢、去泰，始于道家。儒法皆仰其流，虽有峭易，其致一也。虽然，以欲当为理者，莫察乎孙卿。……极震所议，与孙卿若合符。"[1]本文认为中国哲学和思想发展到戴震，儒家的知识论述终于诞生了，这可以说是中国理智的完成。章太炎和鲁迅有所创新，但并没有离开这一传统。

《论语·卫灵公》有云，子贡问："有一言而可以终身行之者乎？"夫子对曰："其恕乎！己所不欲，勿施于人。"据说伏尔泰很推崇孔子的这一伟大的道德准则，经由罗伯斯庇尔写入了1789年的《法国人权宣言》，其第四条就是这一信念衍生出来的：

> 政治的自由在于不做任何危害他人之事。每个人行使天赋的权利以必须让他人自由行使同样的权利为限。这些限制只能由法律规定。

恕道之行也，在中国历来依靠真君子的一种道德自觉和自律，从未想到以法律的方式将其变成人与人之间交往的普遍准则。伏尔泰死于戴震去世后的第二年，他早年曾经两次被投入巴士底狱，三十二岁

---

[1] 姜玢编：《革故鼎新的哲理：章太炎文选》，上海远东出版社1996年版，第441页。

起流亡英国。伏尔泰认为宗教迷误和教会的统治是人类理性的主要敌人，社会的一切罪恶都源于教会散布的蒙昧主义。思想启蒙运动在法国进展迅速，伏尔泰在八十四岁时以先知和英雄般的姿态回到巴黎，受到民众的盛迎，成为反教会的自由资产阶级的偶像，被誉为欧洲精神和哲学思想的王子。不过那句非常著名的"我完全不赞成你的意见——但我将誓死捍卫你发表你的意见的权利"的话，却不是伏尔泰说的，虽然这句话很好地体现了伏尔泰的"恕道"。二十世纪为伏尔泰作传的女作家杜撰了伏尔泰的这句名言，不胫而走，成为伏尔泰知名度最高的言论。

近代以来的中国，最早尝试的变革之路是日本模式——戊戌变法，效仿明治维新，没有走通。辛亥革命之后，又试过法国模式和英国模式，最后都没有办法成功。谁也没有料到，胜出的竟然是俄国模式。到了今日，或许应该采取的是福山所谓的德国模式，先国家，后法治，再民主。最终能达成怎样的效果，全看我们有没有创造的天赋，能不能勤奋工作持之以恒。前提是要让法律的形而上学观念在中国文化中扎下根来，其核心是自然人性论的哲学思想。当前中国左派不切实际，右派对利益集团抱有幻想，这也是无可奈何的事情。积极推动法制建设，是知识分子当下紧迫的责任。尤其是法律背后的道德和哲学基础——价值观念，没有几代人持续的努力和知识建构，不可能凭空出现。无论现行的官方意识形态还是中国传统的意识形态，皆不足以构成现代法律的筑基之地。韩非子说："国皆有法，而无使法必行之法。"欲使法必行，需有制度建设，那么在制度建设之前，还须有规划制度的指导思想，这思想要从中国近代以来最合乎理性的思想中整理出来。让民主和自由这些普世价值在中国文化中生根，有许多具体的工作要做，假如随着时间过去，一无所为的话，法治和民主都只能是不切实际的幻想。这个过程可以表述为现代中国人的成人之路。这正是鲁迅启示的道路，也是鲁迅一生实践的道路。

章太炎说："修己治人之学，简而易知。""阳明，子房也；东原，萧、曹也。其术相背，以用世则还相成也。"[1]阳明死后约两百年，戴震生。

鲁迅原名周树人，其一生之道德文章，可以"树人"二字概括。立人由己，人人自树，沙聚之邦方能转为人国，这道理听上去极其普通，怎奈中国文化向来只教人作圣成佛、得道成仙，内圣外王、修己治人之道，似乎玄远高妙，却有意无意忽略了做人的大义。君君、臣臣、父父、子子，一路下来，互相对待，严丝合缝，独没有做人的馀地和空间。恻隐之心，羞恶之心，辞让之心，是非之心，人皆有之。一切善根慧缘，俱是通向圣贤的起点。止于做人，看起来很不远大，实际上却是新文化运动的全部题旨。做人难，不仅自己要自尊无畏，还要承认他人为人，自由和平等的教义，在中国实际上极不易了然。要社会和国家承认一个人做人的权利，有很长的路要走。这意味着你享有生存权，谁也不能逼迫其人成圣成仙。鲁迅思考中国的问题，是有意识地在千年的背景之下寻求文化出路，所以想了解鲁迅及其思想，也须将眼光放得长远些。

木山英雄说："据我的理解，他们俩（鲁迅和周作人）都学过旧时读书人的正式文化，年轻时被西方近代的思想，即把人看作不是君臣、父子、夫妇、兄弟等所谓人伦关系中之一物，而是独立的意识或自由的精神这样一种思想震撼了灵魂，而终生肩负起了这第一次觉醒所带来的对传统文化进行自我批评的重担。他们的批评自然各有千秋，但他们对自欺欺人的虚伪都有着异常敏锐的感觉，为使僵化的老大文明从人的基础上苏生过来而进行了苦斗。"[2]

至今没有读到鲁迅直接提及戴震的文字，但他早期的重要思想——礼教吃人的想法，直接得自于章太炎，间接得自于戴震的"以理杀人"。从清末学术的传承上，戴震——段玉裁——王念孙、王引

---

[1] 章太炎：《菿汉三言》（虞云国校点），上海书店出版社2011年版，第118页。
[2] 木山英雄：《文学复古与文学革命》，赵京华编译，北京大学出版社2004年版，第240页。

之——俞樾——章太炎——鲁迅，这一师承关系是清晰的。段氏二王，包括俞曲园，承接的是东原之学中的文字音韵之学，章太炎却懂得戴震在中国思想史上的革命性贡献。

孟子是中国思想史两千年"左"倾的开端，后世的道德热情皆在孟子那里找到了皈依，或者借孟子之书，抒发自己的浩然之气。戴震截断众流，独辟蹊径，彻底扭转了孟子学的方向，以"淹博""识断""精审"的求是态度，重构儒学义理，其功不在禹下。《孟子字义疏证》，书名听上去像考证著作，余廷灿说："其有一字不准《六书》，一字解不通贯群经，即无稽不信。不信必反复参证而后即安。以故胸中所得，皆破出传注重围。"余英时认为，戴震是一个生在狐狸得势时代的刺猬，为了谋生他不得不把自己装扮成狐狸，甚至作了群狐之首，但他终于还是一只刺猬。戴震《孟子字义疏证》序说："孟子之书，有曰'我知言'，曰'游于圣人之门者难为言'。盖言之谬，非终于言也，将转移人心，心受其蔽，必害于事，害于政。彼目之曰小人之害天下后世也，显而共见；目之曰贤智君子之害天下后世也，相率趋之以为美言，其入人心深，祸斯民也大，而终莫之或寤。辩恶可已哉！"[1]

孟子一生好辩，后世围绕着《孟子》的辩论，千年聚讼，可成立一个左翼联盟，程朱陆王，乃不同时期的盟主。突然闯进来一名右派分子，武艺高强全身披挂，唇枪舌剑辩得大伙人仰马翻。那些恨他的人造谣中伤，放冷箭，说他背师，抄袭，咒其断子绝孙。

德国人卡尔·马克思所设想的共产主义，的确令人可以联想起孟子的大同，宋儒讲明心见性，内圣外王，其社会指向也是大同。近代康有为、谭嗣同等也都对大同理想不能释怀。陶渊明的《桃花源记》，千古奇文，对于所谓"世外桃源"，只给出平实的叙述，但却激发出后世无尽的想象。孟子对于大同社会的设想，其实是相当简单和幼稚

---

[1] 汤志钧点校：《戴震集》，上海古籍出版社1980年版，第263页。

的，不过五亩之宅，树之以桑，使民能养生送死无憾而已。而荀子明施政之术，以政治规模立论，较孟子要高明得多。

鲁迅对于大同始终是持否定态度的，《月界旅行·辨言》中说："如是，则虽地球之大同可期，而星球之战祸又起。"[1]鲁迅在致许广平的信中曾说："大同的世界，怕一时未必到来，即使到来，像中国现在似的民族也一定在大同的门外，所以我想无论如何，总要改革才好。"

他还明确说过："有我所不乐意的在天堂里，我不愿去；有我所不乐意的在地狱里，我不愿去；有我所不乐意的在你们将来的黄金世界里，我不愿去。"[2]

鲁迅在那个不属于自己的世纪生活了五十多年，他的文字里包含着新思想、新观念的种子，这些种子只在少数人的心中扎下了根，我们也许可以期待它能传播到更多的人心里，那么就终有在新中国发芽生长的那一日。

八

冯友兰在《新理学》中说："历史上每一个革命之后所建设之新社会，常较革命家所想象者，所宣传者，旧得多。……就此方面看，一新底社会之出现，不是取消一旧底社会，而是继承一旧底社会。社会中任何事，如思想，文学，艺术等，均是如此。"[3]

冯友兰的《贞元六书》于"五四"启蒙运动的立场而言，是某种倒退，他不仅回到了以儒学为中心的传统上去，在儒学内部，回到了宋学的义理范畴之中去讨论哲学。它不仅是学者或者哲学家个人的趣味和知识偏好，是否还意味着宋元明清四代一千多年的官方意识形态

---

[1]《鲁迅全集》第10卷，人民文学出版社1981年版，第151页。
[2]《鲁迅全集》第2卷，人民文学出版社1981年版，第160页。
[3] 冯友兰：《贞元六书》上卷，华东师范大学出版社1996年版，第149页。

鲁迅和中国历史上的左与右 　157

不可能轻易退出历史舞台，值得深思和追问。

本书以为，千年中国历史遗赠给当今社会的最大的一笔文化遗产，就是宋明理学，不是指程朱周张和王阳明书本上的那些空洞的教诲，而是早已深入全社会士农工商匹夫匹妇之头脑之中、思维习惯之中的牢不可破的观念。维系世道人心，历经战乱、王朝更迭、异族入主而不坠者，端赖于此。国家通过对于忠臣孝子、烈女节妇的表彰，已将这一套意识形态观念灌输到人心之中。作为观念的仁义礼智信，作为个人品性的温良恭俭让，是存在于社会无意识当中的一种无形资产。"五四运动"对于这一资产是否定的，并认为它是中国两百年来的落后原因。提出重新估价一切的口号，其实主指宋明理学。阳明学，王学左派——泰州学派以及清儒的义理之学，虽然在士大夫那里有地位，但就整个社会而言，占统治地位的还是宋明理学，如果全盘否定它，势必在文化上、道德上和价值感上陷入虚无主义。"五四"新文化运动，始终伴随着这一虚无主义的消长起伏。中国人感受外来文明的压力，从来没有那么大过。是否到了一个新的历史时刻，可以对宋明理学有一个更客观公正的评价了呢？

王学的思想解放运动，既然从学理上吸引了五百年来最优秀的头脑和心智投身其中，为什么未能开创出新的天地呢？根本原因还是专制王权的羁縻，明朝的灭亡，也同时宣告持续一百五十年的王学运动的终结。异族入主的清朝，大兴文字狱，禁锢士人的思想，两百多年里，王学的精神学血脉衰竭殆尽。直至晚清，排满革命兴起，与明末的思想有所呼应。章太炎曾经说："余身预革命，深知民国肇造其最有力者，实历来潜藏人人胸中反清复明之思想也。盖自明社既屋，亭林、船山诸老倡导于前，晚邨、谢山诸公发愤于后，攘夷之说，绵绵不绝，或显或隐，或明或暗，或腾为口说，或著之简册，三百年来，深入人心，民族主义之牢固，几如泰山磐石之不可易，是以辛亥之役，振臂一呼，全国相应，此非收效于内诸夏外夷狄之说而何？""治人之道，虽有取舍，而保持国性实为最要。"[1]

章太炎说："要知道凡事不可弃己所长，也不可攘人之善。"[2]

在修己治人问题上，出世法悬的虽高，待人却宽，世法往往相反，责人过苛："躬自薄而厚责于人，今之常态也。"出世法哀悯众生，如护一子，舍头目脑髓以施人者，称菩萨行，而未尝责人必舍。在世法中，有不死节者，便不齿于人，是乃责人以必舍也。

倘能行夫子之恕道，不以此世间法责人，才是菩萨行。戴震说："去私莫如强恕，解蔽莫如学。"

———————————

[1] 丘桑主编：《名师骑士：民国奇才奇文·章太炎卷》，东方出版社1998年版，第107页。

[2] 姜玢编：《革故鼎新的哲理：章太炎文选》，上海远东出版社1996年版，第360页。

附录：返本开新与文化自觉

一

奥斯瓦尔德·斯宾格勒的两卷本著作《西方的没落》，一百五十万言，体大精深，识见广博，其主旨在"示人以过去各文化所循之主要途辙，并略陈所以鉴往知来之方"。初稿完成十一百年前，"一战"爆发前即已告成，后修改四载。第一卷出版于一九一八年，即刻风靡欧洲，一九一九年被称为"斯宾格勒年"，数载内销售近十万册。汉语的翻译和介绍分为三个时期，可谓一波三折。第一次译介发生在一九二八年，英译本初刊不久，正在清华读书的张荫麟翻译了葛达德、吉朋斯合著的《斯宾格勒之文化论》，发表在《学衡》杂志上。此书"乃撮原书大意，以浅显之笔，演述而阐明之"，"未能窥斯宾格勒原书者，读二氏此作，亦可知其大概"，编者加的按语，将斯氏的原著译作《西土沉沦论》。

《学衡》之按语末尾说："斯宾格勒论中国文化亦颇有卓见，然终嫌所知不多，深望吾国宏识博学之士，采用斯氏之方法，以研究吾国之历史即文化，明其变迁之大势，著其特异之性质，更与其他各国文明比较，而确定其真正之地位及价值，则幸甚矣。"[1]

十馀年后，一九四〇年雷海宗出版的《中国文化与中国的兵》，以及随后出版的雷海宗与林同济合著《文化形态史观》，可以视作这

---

[1] 陈润成、李欣荣编：《张荫麟全集》上卷，清华大学出版社2013年版，第304页。

一呼吁的响应，也是斯宾格勒文化形态学之应用于研究中国历史的最初成果。

雷海宗长张荫麟三岁，一九二二年毕业于清华学校，赴美留学，一九二七年获得博士学位后归国。张荫麟则一九二二年入清华学校，七年之后于一九二九年赴美留学，一九三三年返回。雷海宗一九六二年病逝前，译出《西方的没落》一些重要的章节，据说他的注释极有特色，惜未知其详。

二十世纪六十年代商务印书馆出版《西方的没落》上下册（齐世荣等六人从英译本译出，副题为原书第二卷之名"世界历史的透视"），是国内第二次译介此书，译出的是原书第二卷，并加入第一卷导言和三个附表。因为其比较文化形态学，是属于"唯心主义"的，"充满了种种谬误和自相矛盾之处"，与马克思主义的辩证唯物史观相去甚远，只能是被批判的材料。译者之一齐世荣所写的书评，被置于序言的位置，题目却是《德意志中心论是比较文化形态学的比较结果》，可谓一箭双雕，将斯宾格勒其人以及比较文化形态学其学的荒谬性，一语道尽。此书在二十世纪八九十年代多次重印，没有引起读者的关注。

第三次译介，是吴琼从查尔斯·弗兰西斯·阿特金森的英文版转译的全译本，注释详尽，附有索引，书前有长篇的《译者导言》，二〇〇六年由上海三联书店出版。

斯宾格勒生于一八八〇年，长鲁迅一岁，与鲁迅同年（一九三六）去世。他早年取得博士学位，曾在中学执教，母亲去世后留给他一笔遗产，从此埋头著述。他拒绝了大学提供的教职，终身未娶，声名卓著，却与世隔绝。除了《西方的没落》外，还有《普鲁士主义与社会主义》（一九一九）、《德意志帝国的重建》（一九二四）、《人与技术》（一九三一）、《决定时刻》（一九三三）等著作，《决定时刻》出版三个月即遭到纳粹党查禁。

斯宾格勒自述深受歌德和尼采的影响，"歌德给了我方法，尼采给了我质疑的能力"。所谓歌德的方法，我们或可称之为宇宙有机论。歌德一生对自然科学有极大的兴趣，尤其是植物学、昆虫学、解剖学、光学及色彩学等，有过相当深入的研究。他认为呼吸的出与入、心肌收缩的舒与张，是宇宙万物的基本节律，这一点或与《周易》的看法有相通之处，阴阳消长起伏，五行相生相克，四季循环往复。人类这样的认识，来自对自然的观察与自身机体的体认，在所有的文化中，都能找到其"原型"。

斯宾格勒称自己的哲学为"世界历史形态学"，视世界不同文化为各自有其独立生命的有机体，具有大致相同的生命周期，皆经历萌芽、生长、成熟、衰败、死亡等阶段，从这一意义上讲，文化之间是可以比较的，但并无高下优劣之别。这对于十九世纪占据主流的"西欧中心论"提出批评，称之为历史的"托勒密体系"。他在《西方的没落》一书中提出一个替代体系，自称"是历史领域的哥白尼发现"，"因为它不认为古典文化或西方文化具有比印度文化、中国文化、埃及文化、阿拉伯文化、墨西哥文化等更优越的地位——它们都是动态存在的独立世界，从分量来看，它们在历史的一般图像中的地位并不亚于古典文化，而从精神之伟大和力量之上升方面来看，它们常常超过古典文化"[1]。

这一文化多元主义在今天，早已变成一种常识，当年却产生过不小的冲击力。英国史学家汤因比在一九二〇年阅读此书，赞叹"就像是在黑暗中见到点点萤光"，他的《历史研究》，可说继承了斯宾格勒的文化形态史观。直至二十世纪五十年代，美国还有所谓"新斯宾格勒派"。有趣的是，在中文译本《西方的没落》第二卷出版的一九六三年，美国历史学家麦克尼尔在芝加哥出版了《西方的兴起》，与斯宾格勒唱反调，可见其影响。

---

[1] ［德］奥斯瓦尔德·斯宾格勒：《西方的没落》第1卷，吴琼译，上海三联书店2006年版，第16页。

二

单一而普遍的人类线性历史发展，在斯宾格勒看来是一种虚构。

"把历史分成'古代史'，'中古史'和'近代史'——这是一种令人难以置信的空洞无物且又毫无意义的体系，可是它却完全主宰了我们的思维。"[1]由于对马克思主义的教条式理解，我们的历史教科书数十年来一直灌输一种来自西方一元主义的人类文化和社会的演进模式：原始社会—奴隶社会—封建社会—资本主义社会—社会主义社会—共产主义社会。因为与中国自己的史实相差太远，即使削足适履，也难掩其龃龉。这不仅严重束缚了求知的思维，且成为学生和民众了解祖国历史和文化的障碍。加之概念之译名，在跨文化传播时的偏差和歧解，终于弄到一片混乱。譬如feudalism，通常译为封建主义，依照所谓西方的标准，我们把辛亥革命前漫长的两千多年，统统叫作封建社会，然后再去钻研"中国的封建社会为什么如此漫长"这个历史难题，得出一个结论——"超稳定结构说"，这是一个从虚假的问题出发而求解的典型事例。

在中国自己的史学传统中，封建和郡县，是两个重要的范畴，且是互相对峙的，分别代表不同的社会政治组织和前后两个社会发展阶段，意思向来清楚明白。封建，由世袭贵族在其封地上分权统治，郡县由中央王权直接委任官吏统治，泾渭分明。封建制从殷周到春秋战国，大约持续了一千年，西周是典型的封建社会；从战国开始，封建制向郡县制过渡，秦始皇的统一，是郡县制的第一个高峰；汉代封建制复活，延续到唐朝，汉唐两代是封建制和郡县制并存的时期；到宋代郡县制再次占据上风，为郡县制的第二个高峰，此后封建制便基本退出了历史舞台；宋元明清，郡县制全盛，并逐渐走向衰落。这

---

[1]［德］奥斯瓦尔德·斯宾格勒：《西方的没落·世界历史的透视》上册，齐世荣等译，商务印书馆1963年版，第31页。

是基于历史事实的描述，"二十四史"关于典章制度的记载，白纸黑字，岂可以随意更改，随便命名？从秦至清，假如一定必须称为封建社会，那么宋元明清应当称为实行郡县制的封建社会，岂不是自相矛盾？这样使用"封建"一词，到底有什么意义呢？

与唯心/唯物这样的外来概念不同，封建/郡县是中国历史的核心观念，它从制度上涉及皇帝的集权与分权，天子与诸侯（中央与地方）的关系，是中国数千年来最大的国内政治。春秋诸侯坐大，汉代八王之乱，唐朝安史之乱、藩镇割据，直至明朝的靖难，清朝的封疆，无不纠结于封建—郡县。从文化精神上衡量，封建与郡县也呈现出完全不同的风貌，封建尚武，等级分明，宗教气氛浓厚；郡县崇商，平民主义，世俗享乐发达。虽云各有利弊，但历史的大势则是郡县逐步取代封建，所以西周而后战国，汉唐走向宋元明清，有必然性。明末清初三大儒黄宗羲、顾炎武、王夫之皆曾激烈地批评已行至穷途末路的郡县制，开出的药方——"寓封建之意于郡县之中"（顾炎武语），并不是恢复封建制，因为谁也办不到。《明夷待访录》有云："古者天下之人爱戴其君，比之如父，拟之如天，诚不为过也。今也天下之人怨恶其君，视之如寇仇，名之为独夫。"[1] 人心有如此之大的差别，根源主要在封建和郡县两种制度的不同氛围。也许可以简单地认为，封建制度适合君主专制，郡县制度更适合共和民主。

毛泽东晚年喜读柳宗元的《封建论》，为秦始皇翻案，恰是从维护国家统一的意义上肯定郡县制是历史的必然。从清朝后期曾国藩创设私人武装湘军开始，军阀割据便一发不可收，袁世凯死后，愈演愈烈，孙中山闹革命，竟然不得不依靠军阀，蒋介石采用多种手段对付各地的大小军阀，到底也没有能真正建立有效的中央集权。但割据并不等于封建，占山为王不等于封疆裂土，所谓"官无封建，而吏有封建"，只是个比喻

---

[1]　黄宗羲：《明夷待访录》，孙卫华校释，岳麓书社2011年版，第9页。

的说法而已。中华民国只在名义上存在过，即使在一九二八到一九三七的十年间，其统治亦不过长三角的数省而已，毛泽东的中华苏维埃共和国曾建在江西省，东北三省则从一九三一年起就变成了日本人的势力——伪满洲国。

脱离开与郡县相对峙而滥用"封建"一词，使它的本意消失，而变成了某种罪恶的代名词——所谓反帝反封建。石约翰在《中国革命的历史透视》第二版中，不仅用郡县和封建这一中国本土的范畴分析中国的历史，还把这一范畴应用于对西方历史的理解当中。以中国历史上封建/郡县的发展轨迹为参照系去观察欧洲历史的话，文艺复兴以降所谓民族国家的形成和资本主义的崛起，正是其从封建制向郡县制的过渡，到十八世纪基本完成。东西方遭遇之时，西方正是郡县制的兴盛期，而清朝那时已处于郡县制的衰败期，所以不敌。西方新兴郡县国家，因其去封建未远，仍保留着封建时代的诸多生气勃勃的遗产，比如贵族分权、尚武传统、宗教精神等，而中国的衰败与腐朽，倒是封建传统久已失传的结果。盲目地反封建，往往等于一味地反传统，彻底背离自己的文化传统，全盘西化。

"现在新一代知识分子开始轻蔑地使用'封建'一词，这为他们日益与中国传统相分离提供了明显的例证；因为在从宋代以至最近十年前的充分发展的郡县制时代，有作为的思想家都把封建制看成失去的理想，把封建制看成充满积极意义的词汇，使封建制的积极成分恢复活力是批判思想家的主要目的。现在我们看到，随着马克思主义的引进，新一代知识分子对封建制的摒弃已达到如此地步，以致与中国早期社会理论特别是民族的激进自由传统的任何对话都难以进行了。"[1]

---

[1]［美］石约翰:《中国革命的历史透视》第2版，王国良译，中国人民大学出版社2011年版，第157页。

三

假如我们细读《西方的没落》会发现，斯宾格勒只是形式上主张多元主义，实质上仍是一元主义。他认为八个高等文化虽然具有同样的价值，但除了西欧文化以外的七种文化，皆已经走完其生命的历程，已经死亡，只剩下一种无历史、无生气的存在。而西方文明正处于其第一时期——"战国时期"，这类似于石约翰所说的郡县制的兴盛期。战国阶段过后，应该是"帝国时期"、"大一统帝国时期"，依照他的看法，将在二〇〇〇至二二〇〇年出现。他特别把德国民族看作西方最后一个民族，负有完成西方历史最后一个阶段的伟大使命。这一看法的确迎合了"一战"之后德国民众的心理，所以才能书一出版便风靡开来。

洋洋百万言的巨著《西方的没落》宣扬的竟然是，西方文化是世界上唯一还有生命的最优越的文化，一元主义的顽念要想改成多元主义的睿智，真的不是轻易可以做到的。到今天为止，百年过去了，仍抱持这一信念的西方人，恐怕还不在少数。

说自己的文化好、自己的国家好，乃人之常情，亦无可厚非，但为什么要把别的一切文化处死呢？是观察和实际研究得出的可靠结论吗？对一种文化要下断语，起码得先了解它吧，在斯宾格勒的书中处处体现他的博学多闻，但于中国文化实在"所知有限"，既然不是汉学家，读不懂汉字，以百年前被译成西方语言的二手文献了解中国，实在是连皮毛恐怕也谈不到了，以这样的所知，去断言中国文化的过去和将来，歌德和尼采皆不会做这样的事，但黑格尔就会毫不犹豫地去做。

我们还是看看中国自己的历史学家怎么说吧。雷海宗接受了斯宾格勒关于文化是一个有机体的看法，既是有机体，则必有其萌芽、生长、成熟、衰败的生命周期。雷海宗认为，迄今为止，中国文化已经走完了两周，正处于第二周的末期，既然已经有过第二周，我们当然可以期待它的第三周。

从殷商、西周（公元前一三〇〇年）延至东晋淝水之战（公元三八三年），是中国文化的第一个周期；从淝水之战到清末民初，是中国文化的第二个周期；每一周在文化上均可以分为五个阶段，分别是宗教时代、哲学时代、哲学派别化的时代、哲学消灭与学术化的时代、文化破裂时代。他虽然列出一张简表，但确实是理论联系实际，描述符合史实，是归纳法的产物，而不是演绎法的产物。

中国文化为何能有第二周？雷海宗认为："中国文化的第二周可说是南方发展史。古代的中国限于中原，长江流域乃是边地，珠江流域根本与中国无关。秦汉时代奠定了三大流域的中国，但黄河流域仍为政治文化中心。五胡乱华以后，南方逐渐开拓。此后每经一次外患，就有大批的中原人士南迁。五胡乱华、五代之乱与宋室南渡时南迁的人数尤多。并且一般讲来，南迁的人是民族中比较优秀的分子，因为他们大多都是不肯受外族统治而情愿冒险跋涉的人。""所以二千年来，虽因外患来自北方而统一的首都始终设在中原，然而南方经济与文化的地位一代比一代重要，人口一代比一代繁殖，到最后都远超中原之上。此点可由种种方面证明，但由行政区域的划分可最清楚、最简单地看出南北消长的痕迹，因为行政区域的划分大致是以人口与富力为标准的。"[1]

雷海宗写这文章之日，正值一九三七年抗日战争爆发之时。雷海宗最后说："中国虽然古老，元气并未消耗，大部国民的智力与魄力仍可与正在盛期的欧美相比，仍有练成近代化的劲旅的可能。"[2]根据历史上第一周文化的末期前后约三百年，来推论第二周的末期，从开始至今日才不过百年（从一八四〇年算起），若无意外的变化，收束第二周与推进第三周恐怕还得需要一二百年的功夫。"但日本的猛烈

---

[1] 雷海宗：《中国文化与中国的兵》，商务印书馆2001年版，第174页。雷海宗详列汉武帝分天下十三部，北方占八，南方占五；唐太宗分天下为十道，南北各占其五；北宋分天下十五路，北五南十；明设二直隶十三布政司，北五南十；满清十八省，北六南十二。

[2] 雷海宗：《中国文化与中国的兵》，商务印书馆2001年版，第176页。

进攻使得我们不得不把八字正步改为百码赛跑。第二周的结束与第三周的开幕，全都在此一战。第一周之末，有淝水之战。那一战中国若失败，恐怕后来就没有第二周的中国文化，因为当时汉人在南方还没有立下根深蒂固的基础。淝水一战之后，中国文化就争得了一个在新地慢慢休养以备异日脱颖而出的机会。此次抗战是我们第二周末的淝水之战。"[1]

雷海宗在一九五七年因提出人类社会形态发展中奴隶社会与封建社会间差别不大的观点，被认为是对马克思主义五种社会形态的经典理论的"修正"；他还公开主张马克思主义在一八九五年恩格斯去世之后基本停滞不前，列宁只"在个别的问题上有新提法"，在那个年代，这无异于触犯"天条"，右派分子的帽子是逃不掉的。他的授课权被剥夺，教授工资扣半，健康迅速恶化，一九六二年病逝，享年六十岁。

雷海宗最早提出中国文化的两周说，是在抗战之前。抗战爆发之后，略有修正。主要在第二周末期的终结与第三周之开创的过渡上。

"第一周的中国可称为古典的中国。第二周，由公元三八三年至今日，是北方各种胡族屡次入侵，印度的佛教深刻地影响中国文化的时期。第二周的中国已不是当初纯华夏族的古典中国，而是胡汉混合、梵华同化的新中国，一个综合的中国。虽然无论在民族血统上或文化意识上，都可以说中国的个性并没有丧失，外来的成分却占很重要的地位。"[2] 每一周之下，他又细分为五个时期，每一时期皆有具体的起止年代。对于第二周的中国文化，他的批评相当严厉："在政治和社会方面一千五百年间可说没有什么本质的变化，大体上只不过保守流传秦汉帝国所创设的制度而已。只在文物方面，如宗教，哲学，文艺之类，才有真正的演变。"

---

[1] 雷海宗：《中国文化与中国的兵》，商务印书馆2001年版，第177页。
[2] 同上，第141页。

比如对第二周的第三个阶段，他认为，"元明两代是一个失败与结束的时代"，"有明三百年间，由任何方面看，都始终未上轨道，整个的局面都叫人感到是人类史上的一个大污点。并且很难说谁应当对此负责。可说无人负责，也可说全体人民都当负责。整个民族与整个文化已发展到绝望的阶段。""在这种普遍的黑暗之中，只有一线的光明，就是汉族闽粤系的向外发展，证明四千年来唯一雄立东亚的民族尚未真正地走到绝境，内在的潜力与生气仍能打开新的出路。"他在写这段话的时候，大概不会预料到在四十年之后，正是南洋华侨为中国大陆改革开放最初的经济启动准备了资金。今天中国的经略海洋，正是明朝那个黑暗绝望时代里先民们以哥伦布式的勇气播下的一粒种子。接下来他说："汉人本为大陆民族，至此才开始转换方向，一部分成了海上民族，甚至可说是尤其宝贵难得的水陆两栖民族！"[1]

当美国的海军陆战队乘坐他们的核动力航母在全球周密部署的时候，中国的农民工口袋里揣了点路费就到世界各地（包括中国的城市）打工去了，他们相信不管走到哪里，凭借双手和劳动总可以有一碗饭吃。

他们是中国文化的使者。

四

"五四"被称为新文化运动，到底新在哪里？

"'五四'那一代人完全接受了西方的超常进步的观念。更确切地说，他们接受了西方对中国的看法，一百年来西方把中国社会看成落后的、愚昧的和不道德的社会。同时，'五四'新一代丝毫没有认识到国家正处于历史发展的特殊转折点；而是基本上把历史看成无价值的时间延续，需要在更根本的文化层次上进行总体革命。""他们断定中

---

[1] 雷海宗：《中国文化与中国的兵》，商务印书馆2001年版，第158页。

国的问题不是来自清朝的特殊弊端，甚至不是产生于郡县制，而是产生于中国文化的更深层次，产生于社会整体及整个历史时期的文明方式。"并且"一直到今天，'五四'一代的核心观点几乎还在中国起主导作用"[1]。

雷海宗的看法是，"由人类史的立场看，中国历史的第一周并没有什么特别，因为其他民族的历史中都有类似的发展。""中国文化的第二周在人类史上确是一个特殊的例外。没有其他文化，我们能确切的说它曾有过第二周返老还童的生命。"

我们在理解自己的现实、历史和文化上，碰到的最大难题就在这里，我们的天才的历史学家已经给我们做出了如此明确的规划，或许不必纠结了吧。第二周不像第一周那样健全，负面的东西比较多，"五四"时期正处于第二周的末期，承受着文化上一切消极的影响。我们今天特别应该体谅我们的前辈无法理解的困惑，为什么在历史的源头，那曾经伟大的，变得面目全非，我们到底是该恨还是该爱自己的历史与文化？

鲁迅虽然从未明确把中国文化分成两周去理解，但他的好恶却异常鲜明，对于唐以降十分地不喜欢。鲁迅攻击中国文明，假若仔细阅读和冷静辨析的话，会发现他是集中于元明清的，于春秋战国之思想交锋，博大之汉唐气象，于师心使气的魏晋风度，于庄子、韩非，于屈原、司马迁，于嵇康、阮籍、陶渊明包括李贺，不仅由衷地挚爱，且深受其影响。

鲁迅常常说："我所抨击的是社会上的种种黑暗，不是专对国民党，这黑暗的根源，有远在一二千年前的，也有在几百年，几十年前的，不过国民党执政以来，还没有把它根绝罢了。现在他们不许我开口，好像

---

［1］［美］石约翰：《中国革命的历史透视》第2版，王国良译，中国人民大学出版社2011年版，第156页。

他们决计要包庇上下几千年一切黑暗了。"[1] 显然，在鲁迅那里，他没有把不同年代的黑暗混为一谈，他是能够区分，且决计去区分的。

中国文明延续数千载，走过了两周的生命历程，在这漫长的历史进程中，中国文化返本开新的工作，可说数千年来代不乏人，差别在于返归哪一个本，开出什么样的新？复前代之古虽易，却有守旧之嫌，隔代之古，不必远绍之繁，三代之古，却令人茫无头绪。宋明理学，与今天的知识论切近，容易接轨，但究竟根底浅薄，几为损道之学也。汉唐气象恢宏，思之令人神往；佛教思想广大精微，归于出世之旨，只可以药病，不能当饭。先秦诸子，百家争鸣，思维活跃，各逞其智，虽执一偏而驭，实为我中国文化多元之本。

春秋战国，与今日之世界形势，不谋而合，面对新罗马帝国咄咄逼人之武力和价值观，想不战而屈人之兵是不现实的。能战才能和，我们不管是否愿意，早已卷入诸神之争，捍卫自己的文化，是捍卫自己的生存。现在学界有人大张旗鼓提倡士大夫，不知道在士大夫之前的所谓"大夫士"（林同济语，参见其与雷海宗合著《文化形态史观》），才是中国文化早期的理想人格。士大夫终不过一介书生，大夫士才真的文武兼备，这样的男人在哪里呢？

不能返归原始之大本大根，不足以开出中国文化第三周的新局面。事实上，不管自觉与否，我们今天已经被置于这一文化的返本开新之中。

斯宾格勒在其《西方的没落》的结尾说："我们没有奔赴这一目标或那一目标的自由，而只有做必做的事或什么也不做的自由。历史的必然性所安排好的任务，将要由个人来完成，或则非其所愿地完成。愿意的人，命运领着走；不愿意的人，命运拖着走。"[2]

---

[1] 许寿裳：《亡友鲁迅印象记》，人民文学出版社1953年版，第76页。
[2] ［德］奥斯瓦尔德·斯宾格勒：《西方的没落》第2卷，吴琼译，上海三联书店2006年版，第471页。

图书在版编目（CIP）数据

超乎左右之上的鲁迅／李春阳著. —北京：生活·读书·新知三联书店，
2016.1
ISBN 978 - 7 - 108 - 05454 - 8

Ⅰ．①超…　Ⅱ．①李…　Ⅲ．①鲁迅研究－文集
Ⅳ．① I210−53

中国版本图书馆 CIP 数据核字（2015）第 179811 号

责任编辑　朱利国　王海燕
装帧设计　蔡立国
责任印制　宋　家
出版发行　生活·讀書·新知 三联书店
　　　　　（北京市东城区美术馆东街 22 号 100010）
网　　址　www.sdxjpc.com
经　　销　新华书店
印　　刷　北京市松源印刷有限公司
版　　次　2016 年 1 月北京第 1 版
　　　　　2016 年 1 月北京第 1 次印刷
开　　本　635 毫米×965 毫米　1/16　印张 11
字　　数　148 千字
印　　数　0,001－6,000 册
定　　价　28.00 元
（印装查询：01064002715；邮购查询：01084010542）